SIWRNE

YN Y
GORFFENNOL

SALLY NICHOLLS

LLUNIAU GAN BRETT HELQUIST
ADDASIAD GAN MARI GEORGE

I Anti Jean,
gyda diolch am yr holl hafau.

Y fersiwn Saesneg:

Cyhoeddwyd yn gyntaf ym Mhrydain yn 2018 dan y teitl *A Chase in Time* gan
Nosy Crow Ltd, The Crow's Nest, 14 Baden Place, Crosby Row, London SE1 1YW

Hawlfraint y testun © Sally Nicholls 2018
Hawlfraint y lluniau ar y clawr a thu mewn © Brett Helquist 2018
Teipograffeg © Joel Holland 2018

Y fersiwn Cymraeg:

Cyhoeddwyd yn y Gymraeg gan Atebol Cyfyngedig, Adeiladau'r Fagwyr,
Llanfihangel Genau'r Glyn, Aberystwyth, Ceredigion SY24 5AQ

Cyhoeddir yr addasiad hwn o *A Chase in Time*
trwy drefniant â Nosy Crow® Limited.

Addaswyd gan Mari George
Dyluniwyd gan Owain Hammonds
Golygwyd gan Adran Olygyddol Cyngor Llyfrau Cymru

Hawlfraint © Atebol Cyfyngedig 2019

ISBN 978-1-913245-00-9

Dymuna'r cyhoeddwr gydnabod cymorth ariannol Cyngor Llyfrau Cymru

www.atebol-siop.com

PENNOD UN

Y bachgen
yn y drych

Roedd y drych ar y wal wrth ymyl y grisiau yng nghyntedd Anti Joanna. Roedd e'n uchel ac yn llydan â ffrâm aur ac arni ddail oedd yn cwrlo, a sgroliau ac angylion bach tew, a basgedi o flodau a rhubanau. Yn ôl Anti Joanna, arferai berthyn i un o wŷr mawr Ffrainc, yn y dyddiau cyn bod y chwyldrowyr wedi torri pennau'r holl foneddigion a throi eu palasau'n orielau celf.

Ac un tro, pan oedd Aled Tomos yn saith mlwydd oed, roedd wedi edrych yn y drych – ac roedd bachgen arall wedi edrych yn ôl arno.

Roedd y bachgen yn y drych yr un oed ag Aled, neu efallai ychydig yn hŷn. Roedd ganddo wallt brown golau ac wyneb eithaf cadarn. Roedd yn

gwisgo siwmper las o wlân a chlos dwyn afalau llwyd. Clos dwyn afalau, gyda llaw, yw trowsus hen ffasiwn – sy'n fyrrach na throwsus hir ond yn hirach na throwsus byr – a oedd yn cael eu gwisgo gan fechgyn cyn eu bod yn cael gwisgo trowsusau go iawn.

Roedd y bachgen hwn yn brwsio'i wallt yn y drych yn eithaf cyflym, fel pe bai'n well ganddo fod yn gwneud rhywbeth arall. Wrth i Aled ei wylio, trodd ei ben i'r ochr a gweiddi ar rywun nad oedd o fewn golwg. Doedd Aled ddim yn gallu clywed beth ddywedodd e, ond roedd e'n swnio'n ddiamynedd: "Dw i wrthi!" efallai, neu "Dw i'n dod!" Yna rhoddodd y brwsh gwallt i lawr a rhedeg o'r ffrâm.

Arhosodd Aled o flaen y drych. Roedd yn dal i fedru gweld cyntedd Anti Joanna, ond doedd dim byd yn y cyntedd fel y dylai fod. Roedd y waliau wedi eu papuro gyda phapur wal mewn streipiau melyn a gwyrdd, ac roedd yno blanhigyn mawr gwyrdd nad oedd Aled wedi ei weld o'r blaen, a drws ffrynt gwyn â gwydr lliw uwch ben y sil. Teimlai'n rhyfedd iawn i beidio â gweld ei wyneb ei hun yn edrych yn ôl arno. Estynnodd ei law, ac roedd rhyw fath o grych yn yr adlewyrchiad. Pan setlodd y llun, dyna ble'r oedd e eto – yn fachgen byr â gwallt golau a golwg braidd yn bryderus ar ei wyneb. Roedd y wal lliw hufen yn dal i fod y tu ôl iddo. Roedd y drws brown yn dal yna. Roedd popeth yn ei le fel ag y bu erioed.

Doedd Aled erioed wedi credu yn y plant yna oedd yn dod o hyd i goridorau dirgel neu ogofau llawn trysor, neu ynys Afallon, ac wedyn yn eu cadw'n gyfrinach. Oni fyddech chi eisiau dweud wrth bawb amdanyn nhw? Beth oedd y pwynt o gael coridor dirgel os nad oeddech yn gallu brolio amdano wrth rywun?

Ond roedd e'n gwybod na fyddai byth yn dweud wrth ei deulu am y bachgen yn y drych. Wrth gwrs na fyddai. Beth fyddai'r pwynt? Fyddai'r un ohonyn nhw byth yn ei gredu.

Serch hynny, ar ôl iddo weld y bachgen, y drych oedd hoff beth Aled yn Nhŷ Perllan. Roedd yn ei hoffi'n

fwy na'r ardd hir gyda'r welydd cerrig uchel, a'r llwyni mwyar a'r coed afalau. Roedd yn ei hoffi'n fwy na'r tair cath a'r gwningen yn y cwb, a'r ystafell chwarae gyda'r tŷ dol, a'r ceffyl siglo, a'r llong yn y botel wydr a'r silffoedd yn llawn llyfrau plant hen ffasiwn.

Roedd Aled wrth ei fodd â phethau hardd. Roedd e, ei chwaer Rhian a'u rhieni'n byw mewn tŷ bach di-raen ar stad ddi-raen ar gyrion tref hyll, llawn adeiladau o friciau coch. Roedd tŷ Anti Joanna mor wahanol i dŷ Aled ag y gallai unrhyw dŷ yng Nghymru fod. Roedd yn fawr ac yn hen ac yn chwaethus – byddai'n gwneud i Aled feddwl bob amser am dai'r boneddigion yn nofelau T. Llew Jones. Roedd ganddo

gatiau haearn gyda charreg siâp pêl ar ben bob piler a dau set o risiau, un crand i'r teulu ac un bach cul i'r gweision. Doedd dim gweision yn y tŷ bellach, wrth gwrs. Cadwai Anti Joanna fusnes gwely a brecwast ac roedd yr holl lofftydd yn cael eu cadw'n daclus ar gyfer gwesteion.

Anti tad Rhian ac Aled oedd Anti Joanna. Roedd gan y ddau riant swyddi prysur ac roedd hyn yn iawn y rhan fwyaf o'r amser, ond yn achosi problem adeg gwyliau'r ysgol. Ers oedden nhw'n blant, roedd Rhian ac Aled wedi bod yn mynd i aros at Anti Joanna am bythefnos bob haf ar eu pennau eu hunain. Byddai eu rhieni'n talu am eu hystafell, fel petaen nhw'n westeion go iawn, a phob nos roedden

nhw'n gorfod ysgrifennu ar ddarn o bapur a oedden nhw eisiau selsig neu wyau neu gig moch i frecwast. Bydden nhw'n helpu Anti Joanna gyda'r gwaith yn y gwely a brecwast hefyd. Hoff dasg Rhian oedd rhoi sglein ar y bwrdd brecwast wrth eistedd ar y clwtyn a sglefrio ar ei hyd. Hoff waith Aled oedd plygu'r blancedi, gyda Anti Joanna un ochr iddo a Rhian yr ochr arall, a'r tri ohonyn nhw'n cwrdd â'i gilydd yn y canol fel pe baen nhw mewn dawns werin.

Roedd Tŷ Perllan yn llawn o bethau diddorol. Roedd hen wncl Anti Joanna wedi teithio dros y byd i gyd yn casglu creiriau o bob math, ac roedd y rhan fwyaf o'r eitemau yr oedd wedi eu casglu wedi dod i ddiwedd eu taith yn Nhŷ Perllan. Roedd cypyrddau

gwyrdd ac eboni o Siapan, cerfluniau o dduwiau o Beriw, a fasys a phlatiau lliwgar o Dwrci. Roedd Aled wrth ei fodd â nhw i gyd, ond ei hoff beth oedd y drych.

"Ydy e'n hen iawn?" gofynnodd i Anti Joanna. Roedd Aled yn ddeg oed yr haf hwnnw, a Rhian yn ddeuddeg. "Can mlwydd oed? Pum can mlwydd oed? Mil?"

"Dau gant pum deg, siŵr o fod," meddai hi.

"Mae'n neis, on'd yw e? Ond dw i'n siŵr y bydd rhaid iddo fynd pan gaiff y tŷ ei werthu."

Hwn oedd y gwyliau olaf y byddai Aled a Rhian yn ei dreulio gydag Anti Joanna. Ddiwedd yr haf roedd y tŷ'n mynd i gael ei werthu, ynghyd â'r rhan

fwyaf o'r pethau hyfryd oedd ynddo. Roedd Anti Joanna'n mynd i fyw mewn fflat fach yn Ninbych-y-pysgod, ac ni fyddai lle i ddrychau hardd o Ffrainc na chypyrddau mawr o Siapan.

Roedd pawb yn drist am hyn. Teimlai Aled hiraeth am y lle yn barod. Ond doedd hyd yn oed Aled ddim mor drist ag Anti Joanna. Cafodd Anti Joanna ei geni yn Nhŷ Perllan. Hi oedd wedi gweithio'n galed i'w gadw. Hi oedd wedi sefydlu'r busnes gwely a brecwast, wedi gwneud yr holl goginio a'r glanhau, y golchi a'r cyfrifon fel nad oedd angen gwerthu'r tŷ.

Ond bellach, roedd rhaid iddi ildio. Roedd hi'n mynd yn rhy hen i wneud yr holl waith. Ac roedd y tŷ'n mynd yn fwy costus i'w gadw o flwyddyn i

flwyddyn. Roedd pibau'n byrstio, teils yn syrthio oddi ar y to, a phethau rhyfedd yn mynd o'i le ar y gwres canolog.

"O, wel," meddai hi wrth Aled, wrth iddi ei helpu i roi dŵr i'r planhigion. "Dyna'r drefn. Ond mae'n anodd ar ôl yr holl flynyddoedd."

"Petai ond gen i filiynau a miliynau o bunnoedd," meddai Aled wrth Rhian y prynhawn hwnnw, pan oedden nhw'n eistedd yn yr ardd. Roedd Rhian yn darllen. Roedd Aled yn chwarae gyda photel arian yr oedd wedi dod o hyd iddi yn un o'r cypyrddau. Roedd ganddi gaead crwn, arian a cheisiai Aled ei agor, ond roedd yn cael trafferth. "Fydden i'n prynu

Tŷ Perllan a gadael i Anti Joanna fyw yma mor hir ag y mae hi ei eisiau."

"Fydden i ddim," meddai Rhian. "Fydden i'n prynu castell yn Ffrainc gyda phwll nofio, sinema breifat a staff i wneud popeth o'n i'n gofyn iddyn nhw wneud, gan gynnwys gwaith cartref, a llyfrgell anferth a gardd mor fawr gallen i gynnal gwyliau roc ynddi hi, a ..."

Ond doedd gan Aled ddim diddordeb yn y pethau hynny. "Dw i eisiau i Anti Joanna beidio gorfod gwerthu'r tŷ," meddai. "Dyna i gyd dw i eisiau."

Wrth iddo ddweud hynny, daeth y caead oddi ar y botel mor sydyn nes iddo ollwng yr holl beth mewn syndod. Arllwysodd llwyth o lwch a mwg i'w gôl.

"Ych! Beth yw hwnna?" ebychodd Rhian.

"Dw i ddim yn gwybod," atebodd Aled. Trodd y botel ar ei phen a daeth cwmwl arall o lwch allan.

Pesychodd Rhian a chwifio'i dwylo a dweud, "Gobeithio nad rhywbeth pwysig yw hwnna! Beth os taw llwch person yw e?"

"Dw i ddim yn meddwl," meddai Aled. Edrychodd i lawr gwddf y botel. Doedd dim byd arall i'w

weld tu mewn iddi. "Dim llwch person ... bochdew falle?"

"Mae'n hen, ta beth," meddai Rhian. Cymerodd y botel oddi wrtho a gwgu. "Ych! Pam nad ydyn ni byth yn dod o hyd i botel gyda *genie* ynddi?"

"Fi fyddai bia'r *genie*," meddai Aled.

Treulion nhw weddill y diwrnod fel pob diwrnod arall yn Nhŷ Perllan – cerddodd y ddau i'r pentref a phrynu losin yn siop y gornel, a chasglu mwyar duon o'r ardd a gwneud pwdin haf i de. Chwaraeon nhw gêm hir o Monopoly a orffennodd yn yr un modd ag arfer, gyda Rhian yn berchen ar hanner y tai ac Aled yn berchen ar ddwy bunt yn unig.

Dim ond pan oedd hi'n amser gwely y cofiodd Aled am y botel. Roedd hi'n dal yna ar fwrdd y cyntedd.

Cododd hi gan deimlo braidd yn euog. Efallai *bod* y llwch yn bwysig. "Pam na allet ti fod yn cynnwys *genie*," meddai'n drist. Yna edrychodd yn y drych, rhag ofn bod unrhyw ysbrydion yno heno.

Ac mi oedd.

Yn y drych safai dau o blant. Yr un bachgen ag yr oedd Aled wedi ei weld dair blynedd ynghynt oedd un ohonyn nhw. Roedd Aled wedi tyfu ond roedd y bachgen yn union yr un oed, a'r tro hwn gwisgai wisg morwr ac roedd ganddo fag papur yn ei law. Safai merch hŷn wrth ei ochr. Roedd gan y ferch, a

edrychai tua thair ar ddeg, wallt hir, tywyll ac wyneb eithaf cul. Gwisgai ffrog las, sanau du a ffedog wen. Roedd hi'n ceisio tynnu rhywbeth allan o'r bag papur. Roedd Aled yn amau mai losin oedd yn y bag, ac roedd y bachgen yn ceisio'i hatal hi.

"Rhian," meddai Aled yn ofalus. "Dere fan hyn. Nawr."

"Beth sy'n bod?" Yna edrychodd yn y drych. "*Waw*."

"Ti'n *gallu* eu gweld nhw," meddai Aled. Roedd wedi meddwl efallai mai breuddwyd oedd y cyfan.

"Ffilm yw e. Mae'n dod o rywle tu ôl i ni," meddai Rhian. Edrychodd o'i chwmpas am daflunydd, ond doedd dim un yno. "Efallai taw sgrin deledu yw e,"

16

meddai. "Ai Anti Joanna sy'n gwneud hyn? Ydy hyn er mwyn helpu i werthu'r tŷ?"

"Dim teledu yw e," meddai Aled. Ond dechreuodd boeni. Oedd Rhian yn iawn? Allai'r un peth hud a lledrith hyn oedd yn digwydd iddo fod ag esboniad cyffredin wedi'r cwbl?

"Edrych," meddai, a chyffyrddodd y gwydr.

Ond doedd dim gwydr yno ragor. Aeth ei law yn syth drwy'r drych. Ebychodd Rhian mewn braw.

"Aled!"

Ceisiodd Aled dynnu ei fraich yn ôl ond doedd e ddim yn gallu gwneud. Roedd hi fel petai'n syrthio i lawr allt yn araf bach, ond ei fod yn syrthio i mewn i'r drych. Roedd rhaid iddo gamu ymlaen i'w atal

ei hun rhag syrthio. "Aled!" gwaeddodd Rhian eto. "Aled, beth sy'n *digwydd*?"

"Dw i ddim yn gwybod—" meddai Aled, gan lanio ar ei bengliniau.

"Aw!" meddai Rhian o'r tu ôl iddo. Sgrechiodd rhywun. Edrychodd Aled i fyny. Roedd ar y llawr yn nhŷ Anti Joanna ond roedd popeth yn wahanol. Roedd y papur wal melyn a gwyrdd a'r drws ffrynt gwyn â gwydr lliw uwch ei ben a'r celfi i gyd yn wahanol. O'i flaen safai dau o blant, ac roedd y ddau'n sgrechian. Merch oedd un ohonyn nhw gydag wyneb cul a gwallt hir du â rhuban gwyn ynddo. Bachgen oedd y llall mewn gwisg morwr.

PENNOD DAU

Y tŷ y tu hwnt
i'r drych

"Beth yn y byd!" ebychodd Rhian. Cododd. "Beth *ddigwyddodd*? A *stopiwch sgrechian*!"

Rhoddodd y bachgen a'r ferch y gorau i'r sgrechian. Aeth y bachgen mor agos at y ferch ag y gallai. Rhoddodd y ferch ei braich o'i gwmpas. Roedd golwg ofnus iawn ar y ddau.

"Ai gwrachod ydych chi?" gofynnodd y ferch.

"Na," atebodd Aled. "Bachgen ydw i, ond fydden i'n hoffi bod yn ddewin. Ond dim ond bachgen ydw i. Ble ydyn ni?"

"Cymru," meddai'r bachgen. Edrychai tua wyth oed. Roedd i'w weld yn falch nad dewin oedd Aled. "Sir Benfro. Tŷ Perllan. Ond – gelli di *ddim* bod yn ddim ond bachgen. Syrthiaist ti'n syth

allan o'r drych. Wyt ti wedi dod o fyd y tylwyth teg?"

"Y drych!" ebychodd Aled. Edrychodd o'i gwmpas ac roedd y drych yn hongian yn union yn yr un man ag arfer. Edrychai'n hollol normal. Dangosai'r cyntedd newydd, rhyfedd gyda'r papur wal gwyrdd a melyn a'r pedwar plentyn. Aeth Aled ato a gwasgu ei law yn erbyn y gwydr. Dim ond gwydr oedd e. Lle bynnag roedden nhw nawr, roedden nhw'n sownd yno.

"Dw i'n credu—" meddai, ond doedd neb yn gwrando.

"Ni yn y gorffennol," meddai Rhian yn dawel. "Rydyn ni wedi teithio mewn amser! Pam, fel arall,

fyddech chi'n gwisgo dillad fel yna? Oni bai taw tric yw e. Neu stafell ddirgel neu rywbeth – ond fyddai'n rhaid iddi fod yn stafell eitha mawr."

"Breuddwyd yw e," meddai'r ferch. "Dw i'n breuddwydio. Neu dw i wedi bwrw fy mhen, a dw i'n gweld pethau. Neu ..."

Roedd y bachgen bach yn bwrw'r drych â'i ddwylo. "Gad fi fynd drwodd!" gwaeddai. "Dw i eisiau mynd i fyd y tylwyth teg!" Cododd y drych, fel y gwnaeth Rhian, fel petai'n disgwyl gweld drws cudd y tu ôl iddo.

Gwaeddodd Aled, "Paid!" ac ar yr un pryd gwaeddodd y ferch, "Henri, y ffŵl! Wnei di ei dorri a fyddan nhw byth yn gallu mynd 'nôl!"

"Caewch eich cegau, bawb!" meddai Rhian. Aeth pawb yn dawel. "Reit." Pwyntiodd at y ferch. "Ti. Beth yw dy enw di, a beth yw'r dyddiad heddiw?"

"Dora," meddai'r ferch. "Dora Tomos. A dyma fy mrawd i Henri, a'r dyddiad yw'r trydydd ar hugain o Awst, 1912."

"O'n i'n gwybod ein bod ni wedi teithio yn ôl mewn amser!" meddai Rhian. "Rhian ydw i, a dyma Aled. Ni wedi dod o'r dyfodol, o dros gan mlynedd yn y dyfodol. Tomos yw'n cyfenw ni hefyd – mae'n rhaid taw ein hen daid a nain ni ydych chi ... neu rywbeth." Dechreuodd Dora a Henri ddadlau ond anwybyddodd hi nhw. "Caewch eich cegau'r ddau ohonoch chi! Galla i brofi'r peth – edrychwch."

Tynnodd ei ffôn allan o boced ei throwsus a'i ddangos i Dora a Henri. "Dim signal," meddai. Chwarddodd yn hurt. "Fyddai ddim signal, na fyddai? Ond edrychwch!"

Edrychodd drwy ei ffôn yn chwilio – tybiai Aled – am rywbeth rhyfeddol o'r dyfodol a fyddai'n profi eu bod wir yn dod o'r unfed ganrif ar hugain. Penderfynodd ddangos fideo o Aled yn chwarae gydag un o gathod Anti Joanna yn yr ardd yn Nhŷ Perllan. Doedd e ddim yn edrych yn wych, ond roedd Dora a Henri wedi rhyfeddu.

"Mae e fel sinema yn dy boced!" meddai Henri.

"Ond mae mewn lliw," meddai Dora. "Mae'n well na sinema. A dyna'n gardd ni fan hyn, ontefe? Ond

mae popeth yn wahanol. A chi'n wahanol hefyd.
Chi'n gwynto'n wahanol. Ac rwyt ti'n gwisgo
trowsus. Ti *yn* ferch, wyt ti? Ydy pob merch yn
gwisgo trowsus yn eich byd chi?"

"Beth yw'r ots am drowsus?" meddai Henri. "Oes
peiriannau amser gyda chi i gyd? Oes adenydd gan
bobl eto?"

Roedd Dora a Henri yn edrych yn wahanol,
sylwodd Aled. Llai *glân*. Roedd eu gwallt yn edrych
fel pe bai heb ei olchi am wythnos. Ac roedden nhw'n
drewi braidd, neu o leiaf roedd Dora'n drewi. Efallai
nad oedd *deodorant* wedi cael ei ddyfeisio yn 1912.
Roedd rhyw haenen o faw dros y ddau hefyd. Roedd
gan Henri faw o dan ei ewinedd a staeniau gwair ar

bengliniau ei drowsus byr. Roedd yr holl dŷ i'w weld yn eithaf brwnt, a dweud y gwir. Roedd arogl mwg tân glo yn yr aer ac arogl arall, dieithr. Sylweddolodd Aled ar ôl eiliad neu ddwy mai arogl tybaco ydoedd, yn ogystal ag arogleuon arferol cefn gwlad yn yr haf, fel gwair a blodau. O leiaf roedd yr ardd yn arogli'r un fath.

"*Wel*—" meddai.

Yna, agorodd drws y ffrynt yn sydyn. Daeth dau ddyn drwodd yn cario bocs pren, a bachgen y tu ôl iddyn nhw mewn cap yn cario bocs llai o faint. Roedd un o'r dynion yn edrych fel gwas; roedd e hefyd yn gwisgo cap ac esgidiau hoelion, ond roedd y llall yn ifanc ac yn gwisgo siwt lwyd a het ddu hen ffasiwn.

"Dyna ni," meddai, "trwy fan'na – o helô, blant! Alli di ddal y drws i fi, bachan?"

Henri oedd y "bachan", a rhedodd draw ac agor y drws i'r ystafell fyw. Cariodd y dynion y bocs i mewn. Dilynodd Aled a Rhian nhw'n llawn chwilfrydedd. Edrychai'r ystafell fyw yn llawer llai hen ffasiwn nag yr oedd Aled wedi ei ddisgwyl. Roedd wedi meddwl efallai y byddai'n edrych fel ystafell yn un o'r dramâu cyfnod yr oedd ei rieni'n hoffi eu gwylio, ond roedd yn llawer mwy cartrefol. Roedd llyfrau a phentyrrau o bapur ar y bwrdd, a doedd y rheini byth mewn dramâu cyfnod, a phentwr o deganau wrth ochr y cwpwrdd cornel: pêl criced a wicedi, pâr o racedi tennis, gêm mewn bocs a set o ddrafftiau oedd

27

yn edrych fel pe baen nhw wedi eu tynnu o gwpwrdd
a'u gadael yno.

Doedd Aled ddim wedi meddwl y byddai pobl
yn y gorffennol yn flêr. Yn ei ben roedden nhw

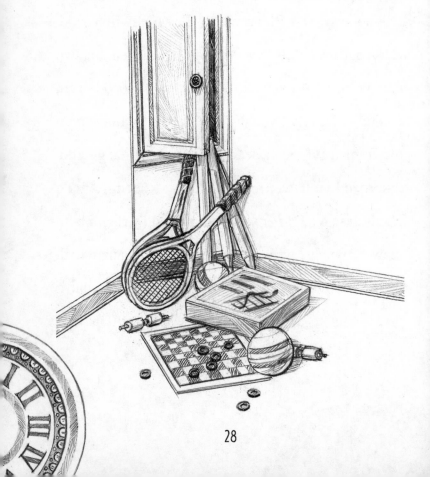

i gyd yn byw mewn tai taclus, perffaith fel tai'r Ymddiriedolaeth Genedlaethol, heblaw am y bobl dlawd oedd yn byw mewn bythynnod to gwellt neu slymiau trefol.

Roedd y gêm mewn bocs lliwgar iawn hefyd yn annisgwyl. Roedd Aled wedi gweld nifer o deganau hen ffasiwn mewn amgueddfeydd ac roedden nhw bob amser yn hen ac yn syrthio'n ddarnau. Ond wrth gwrs, roedd pob tegan wedi bod yn newydd ar un adeg. Ond roedd hi'n dal yn rhyfedd gweld y bocs hen ffasiwn yn edrych mor llachar a newydd â rhywbeth y gallech ei brynu mewn siop deganau.

Roedd yr ystafell fyw yn bennaf yn llawn bocsys pren wedi eu pentyrru ar ben ei gilydd ar hyd y llawr.

"Rho fe ar bwys y lle tân, Ffranc," meddai'r dyn ifanc. "Diolch yn fawr. Fyddwch chi'ch dau'n iawn gyda'r llall? Dw i—"

"Arthur!"

Neidiodd y dyn. Roedd dynes wedi ymddangos wrth y drws. Gwisgai ffrog hir, werdd ac esgidiau du, ac roedd ei gwallt brown wedi ei glymu ar dop ei phen. Roedd hi'n gwylio'r dyn, Arthur siŵr o fod, gyda chymysgedd o rwystredigaeth a rhyfeddod.

Edrychai Arthur yn euog. "Helô, Mari," meddai. "Edrycha beth sydd wedi cyrraedd! Y cyfoeth mwya erioed. Dora, cariad, pasia'r trosol, wnei di? Mae e fan'na ar bwys y *totem pole*."

"Arthur!" meddai Mari. "Dw i'n falch iawn bod y pethau yma wedi cyrraedd, er, a dweud y gwir, dw i *ddim* yn gweld pam fod rhaid i ni gadw'r holl bethau hyn yn y stafell fyw. Ond ble yn y byd wyt ti wedi *bod*? Dw i ddim wedi dy weld di ers bore ddoe! Ddim bod ots gen i ond mae neuadd gyda ni i'w haddurno, a'r holl fyrddau a phethau i'w gosod cyn yfory, ac o'n i'n poeni. Gallet ti fod wedi cael dy *fwyta* neu dy daro gan fws neu *unrhyw beth*."

"Ddim fy *mwyta*, cariad, ddim yn sir Benfro," meddai Arthur. "O'dd hi'n rhyfedd iawn," meddai. "Es i mewn i'r dre i ddweud ffarwél wrth Charlie Higgins o'r ysgol – bachan da, mae e'n mynd i India,

ti'n gwybod ac o'n i wir yn meddwl y dylen i ddweud hwyl fawr – *ta beth*, dywedodd Charlie fod gan ei dad rywbeth o'r Aifft roedd e'n trio cael ei wared ac a fydden i eisiau ei weld. Wel, unwaith iddo ddweud wrtha i beth oedd e, doeddwn i ddim yn gallu dweud na, o'n i? Wedyn o'n i'n meddwl y bydden i'n taro heibio —"

"A 'ngadael i i ddelio gyda dy berthnasau erchyll di ar fy mhen fy hunan," meddai Mari. "Heblaw am y rhai sydd fan hyn, wrth gwrs. A—"

"Wncl Arthur yw hwnna," sibrydodd Dora wrth Aled a Rhian. "Aeth e i Beriw llynedd i chwilio am hen greiriau. Mae'n mynd i ddechrau casgliad a theithio'r wlad gyda nhw. Ddechreuodd e i gyd

pan aeth e i Fecsico a dod o hyd i gasgliad hardd o drysor yr Azteciaid. Roedd e werth llwyth o arian a nawr mae'n ei wario i gyd ar brynu mwy o bethau ar gyfer ei gasgliad. Dyna Miss Flynn. Mae hi'n anthropolegydd ac fe gwrddodd y ddau ohonyn nhw yng nghanol y jwngl. Roedden nhw'n dadlau a oedd prynu arteffactau gan y gwylltion yn eu hecsbloetio, neu ai dim ond masnach oedd e. Sicrhaodd hi fod Wncl Arthur yn talu tair gwaith yn fwy nag yr oedd wedi ei fwriadu am bopeth. Ac yna penderfynodd e a Miss Flynn bod man a man iddyn nhw briodi, gan eu bod yn mwynhau dadlau cymaint. Mae'r briodas fory. Mae pawb yn neuadd yr eglwys yn codi'r baneri heddiw."

Daeth y dyn a'r bachgen 'nôl gyda bocs arall. Bwriodd y bachgen i mewn i Rhian wrth basio, ac roedd Aled bron yn siŵr ei fod wedi ei wneud ar bwrpas.

"Esgusodwch fi, syr," meddai'r bachgen gan grechwenu.

"Merch ydw i!" meddai Rhian. "A thynna dy ddwylo oddi arna i!"

Rhoddodd Arthur a Mari y gorau i ddadlau'n syth ac edrych ar y plant.

"Pwy yw dy ffrindiau, Dora?" gofynnodd Arthur. "Dwyt ti ddim wedi ein cyflwyno ni. A pham, os nad yw'n gwestiwn rhy haerllug, eu bod nhw mewn gwisg ffansi?"

"Maen nhw o'r dyfodol!" meddai Henri, cyn i Aled allu ei rwystro. "Mae'r drych yna wnaethoch chi roi i Miss Flynn yn Beiriant Amser!"

Edrychai Arthur fel pe bai ar fin chwerthin. "*Peiriant Amser!*" meddai. "Wel! Well i ti beidio mynd yn rhy agos, Mari, neu fe gei di dy gario 'nôl i oes y dinosoriaid. Ac o dy nabod di, fe wnei di astudiaeth o'i harferion hela a ddoi di byth yn ôl. Ble fydden i wedyn?"

"Mwlsyn," meddai Mari'n gariadus. "Byddai rhaid i ti ddod ar fy ôl. Ti'n ddeinasor dy hun."

"Diolch," chwarddodd Arthur. "A tithe hefyd! Diolch, Hodges, gwneith hwnna'r tro."

Amneidiodd y dyn a'r bachgen a gadael.

"Ond maen nhw o'r dyfodol – go iawn!" mynnodd Henri'n ddiamynedd.

"Ddim nawr, blant," meddai Arthur. Gafaelodd yn y trosol a dechrau tynnu'r clawr oddi ar y bocs lleiaf yr oedd y bachgen wedi bod yn ei gario. "Does dim amser gyda ni i chwarae gemau, ddim gyda fy holl berthnasau hyll yma ar gyfer y briodas ddiawl yma – sori, cariad, diwrnod hapusaf fy mywyd o'n i'n ei feddwl. A ta beth, dwyt ti ddim wedi gweld fy nghrair eto. Bydd yr hyn sydd yn y bocs hwn yn ganolbwynt fy arddangosfa. Dw i'n *credu* mai hwn fydd y darn mwya o aur o gyfnod y Rhufeiniaid sydd wedi ei ddarganfod erioed. Cwpan Isca – ti wedi clywed amdano, Mari, wrth gwrs, ond wyt ti?'

"Wrth gwrs," meddai Mari. "Cwpan Isca!? Pam yn y byd na ddwedaist ti hynny'n syth?"

"Heb gael cyfle, siŵr o fod," meddai Arthur.

"Mari, cariad, wnei di —"

"Dyna ti," meddai Mari. Gafaelodd yn y bocs a'i ddal wrth i Arthur dynnu'r clawr oddi arno. Aeth y plant yn nes at y bocs. Teimlodd Aled wefr o gyffro. Gallai weld bod Arthur, fel yntau ac Anti Joanna, wrth ei fodd â phethau hardd. Ac mae'n rhaid bod unrhyw beth oedd yn ei wneud mor gyffrous â hyn yn ofnadwy o hardd. Ond cyn i Arthur allu cyffwrdd â'r gwellt oedd yn y bocs, daeth rhywun arall i'r ystafell ar frys, dynes weddol ifanc yn dal mop.

"Mr Tomos, syr," meddai hi. "Dewch ar unwaith! Mae rhywbeth ofnadwy wedi digwydd!"

PENNOD TRI

Rhywbeth ofnadwy,
a rhywbeth gwaeth fyth

Am eiliad roedd pawb yn dawel. Yna chwarddodd Mari. "Ydy'r cyffro hyn yn digwydd drwy'r amser, Arthur?" gofynnodd.

Edrychai Arthur braidd yn euog. Yna chwarddodd yntau hefyd. "Ydy," meddai. "Ond doeddet ti ddim wir eisiau bywyd tawel, oeddet ti?"

Trodd at y fenyw gyda'r mop. "Wel?" meddai. "Beth sydd wedi digwydd? Oes llygod wedi bwyta'r gacen briodas? Ydy Archesgob Tŷ Ddewi yn gwahardd y briodas? Neu ydy'r teulu'n creu'r un hafoc ag arfer?"

"Na, syr!" llefodd y forwyn (roedd golwg wallgo arni gyda'r mop yn ei llaw). "Mae'r stablau ar dân!"

"Haleliwia!" meddai Arthur. Aeth ar ras drwy'r drws, i'r cyntedd a thrwy'r drws oedd yn arwain at y gegin. Dilynodd y lleill. Roedd drws y cefn ar agor a thrwyddo gallai Aled weld mwg du yn chwydu allan o rywle ar waelod yr ardd.

Edrychodd Arthur o'i gwmpas yn wyllt a rhegi, ac roedd y rheg yn rhyfeddol o fodern. "Henri!" meddai. "Rheda i neuadd y pentre, wnei di? Dweda wrth bawb am ddod yma i helpu! Eileen!" (Mae'n rhaid mai Eileen oedd y forwyn.) "Galwa am injan dân! A dweda wrth y gogyddes a Hodges! Chi!" (Trodd at Aled a Rhian.) "Dw i ddim yn gwybod pwy ydych chi, ond well i chi helpu. Siapiwch hi!"

Rhedodd yn ôl allan i'r cyntedd a chydio yn ei het

41

o'r seld (roedd hetiau yn amlwg yn bethau pwysig achos roedd Dora a Henri hefyd yn cydio yn eu rhai nhw o'r stand hetiau ger y drws). Yna aethon nhw i gyd i waelod yr ardd. Aeth Mari, Aled a Rhian ar eu holau.

Roedd y mwg du'n dod o adeilad hir, isel o garreg ar waelod yr ardd. Roedd y dyn yn y cap oedd wedi dod â'r bocs i'r tŷ'n gynharach – oedd Arthur wedi ei alw'n Hodges? – yn brysur yn datod piben ddŵr oedd yn sownd i bwmp llaw hen ffasiwn, â lifer yr oeddech yn ei wthio i fyny a lawr.

Roedd Rhian yn bryderus, "Beth am y ceffylau?" meddai. Roedd Aled wedi bod yn meddwl amdanyn nhw hefyd. Roedd rhaid bod ceffylau yn y stabl.

"Mae'n iawn," meddai Dora. "Maen nhw yn y cae gwaelod."

Roedd Mari'n gweiddi cyfarwyddiadau. "Bwcedi! Hodges, gad i fi wneud hwnna. Arthur, er mwyn dyn, dechreua bwmpio. Hodges, cer di a'r plant i nôl gymaint o fwcedi â phosib."

"A brwshys tân!" meddai Arthur. "Ar y wal gefn! Ewch! Siapwch hi!"

Gollyngodd Hodges ei biben ddŵr ac aeth i gyfeiriad y wal gefn. Rhedodd Aled ar ei ôl. Roedd y brwshys yn hawdd i'w darganfod – roedd tri neu bedwar ohonyn nhw wedi eu gosod yn daclus yn erbyn y wal. Cydiodd e a Hodges ynddyn nhw a rhedeg yn ôl i'r stabl.

Roedd Mari wedi datod y biben ddŵr ac yn ei phwyntio at y fflamau; roedd Arthur, gyda'i lewys wedi eu torchi a huddyg dros ei wyneb, yn gweithio'r pwmp dŵr yn ffyrnig. Ymddangosodd Dora a Rhian o adeilad arall yn cario tri bwced metel.

"Ble allen ni eu llenwi nhw?" ebychodd Rhian.

Gwaeddodd Dora, "Y gasgen ddŵr, a'r cafn ceffylau yn erbyn y wal! Byddwch yn gyflym!"

Rhedodd y forwyn, Eileen, i'r iard, a daeth menyw ar ei hôl – y gogyddes, mae'n rhaid. Roedd Aled yn eithaf siomedig o weld y gogyddes. Roedd cogyddion mewn llyfrau ac ar y teledu fel arfer yn ganol oed a chanddyn nhw wynebau crwn a choch a hapus, ond roedd hon tua thrideg, yn denau ac

yn llawn egni. Roedd y gogyddes yn ymddwyn mewn ffordd hollol annhebyg i sut y dylai cogyddes ymddwyn, gan redeg i nôl brwsh tân a churo'r fflamau. Cydiodd Eileen a Hodges mewn brwsh arall, a rhoddodd Mari ei phiben i Rhian, gan afael mewn brwsh. Taflodd Dora fwced at Aled a rhedeg tuag at gafn carreg oedd yn erbyn wal y beudy. Dilynodd Aled. Roedd yn hanner llawn o ddŵr oedd yn eithaf glân yr olwg. Llenwodd y bwced, rhedeg yn ôl at y tân a thaflu'r dŵr ar y fflamau. Ni wnaeth unrhyw wahaniaeth.

Am yr ugain munud nesaf, roedd yr holl beth fel breuddwyd. Pobl yn rhedeg at y dŵr. Llenwi'r bwced. Rhedeg yn ôl at y tân. Taflu, Rhedeg. Pan oedd y cafn

yn wag, roedden nhw'n rhedeg at y gasgen ddŵr: casgen fetel, fawr oedd hon yn llawn dŵr glaw. Am y rhan fwyaf o'r amser roedd Aled yn llawn dryswch, ond yn ffodus roedd Mari'n gallu gweithio a meddwl ar yr un pryd. Pan oedd Arthur wedi blino, gwaeddai Mari ar y gogyddes i gymryd ei le. Pan deimlai Aled nad oedd yn gallu rhedeg rhagor, gwaeddodd hi arno i gymryd y biben ddŵr oddi ar Rhian a gadael iddi hi redeg. Doedd dal y biben ddim yn llawer haws gan ei bod yn boeth iawn mor agos â hyn at y tân, ac yn fyglyd ac yn anodd i anadlu. Cofiodd Aled am rywbeth yr oedd wedi ei ddarllen mewn llyfr un tro. Trodd y biben at ei grys-T a thynnu'r crys wedyn dros ei drwyn a'i geg. Roedd hyn yn welliant ond

roedd ei lygaid yn dal i frifo gan y gwres ac roedd yn falch iawn pan waeddodd Mari, "Dora! Dy dro di i ddal y biben!"

Teimlai fel oes cyn i bobl ddechrau cyrraedd nerth eu traeth i fyny'r ffordd o'r eglwys. Roedd tua deg neu ddeuddeg o ddynion a menywod ac ambell blentyn. Roedd rhai wedi dod â bwcedi a brwshys o'r neuadd a rhai heb ddim, ond doedd dim ots achos erbyn hyn roedd Mari'n gweiddi arnyn nhw i ffurfio cadwyn o fwcedi o'r gasgen ddŵr a chafodd Arthur – oedd wrth y pwmp eto – ei ryddhau o'i ddyletswyddau. Roedd yn llychlyd, chwyslyd a blinedig. Ond roedd y tân wedi ei ddiffodd. Erbyn i'r injan dân gyrraedd – cerbyd rhyfeddol o hen ffasiwn

gyda'r dynion i gyd yn sefyll ac yn dal ar yr ochrau
– doedd dim llawer iddyn nhw ei wneud heblaw
archwilio'r difrod, ysmygu sigaréts ac yfed y te a'r
bisgedi roedd Eileen a'r gogyddes wedi dod iddyn
nhw ar hambyrddau. Roedd y te a'r bisgedi fel rhai'r
unfed ganrif ar hugain ond bod y te braidd yn gryf a'r
bisgedi'n fyglyd.

Eisteddai Dora a Henri ac Aled a Rhian ar ochr y cafn ceffylau yn yfed eu te ac yn gwylio.

Roedd bron pawb – wel, y dynion i gyd ac un neu ddwy o'r menywod iau, anthropolegwyr oedd yn ffrindiau i Mari, mae'n rhaid – yn ysmygu. Sigaréts oedd gan y rhan fwyaf, ond roedd gan ambell un bib ac roedd gan Arthur bib glai gyda dolen bren sgleiniog.

"Mae pawb yn ysmygu!" meddai Aled.

"Nag y'n nhw'n ysmygu yn y dyfodol?" gofynnodd Dora.

"Wel, mae rhai'n ysmygu," meddai Rhian gan grychu ei thrwyn. "Ond dim ond ffyliaid. Nag wyt ti'n gwybod bod ysmygu'n eich lladd chi?"

"Dw i'n amau hynny," meddai Dora'n garedig. "Mae pawb yn ysmygu, a dydyn nhw ddim wedi marw, ydyn nhw?" Pwyntiodd at y criw o'i blaen. Ac roedd pawb, wrth gwrs, dal yn fyw.

"Mae'n eich lladd yn y pen draw," meddai Aled.

Doedd Dora ddim i'w weld yn poeni rhyw lawer am hyn. Roedd ganddi fwy o ddiddordeb mewn dangos pwy oedd y bobl bwysig oedd wedi dod o'r neuadd. "Dyna Wncl Edmwnd. Mae'n byw yn Llundain ac yn gwneud rhywbeth clyfar iawn i'r Llywodraeth. Dyna Mam, a dyna Dad fan'na gyda'r het werdd. Wncl Edmwnd yw'r brawd hynaf ac Wncl Arthur yw'r ieuengaf. Mae Dad yn y canol. Mae Tŷ Perllan yn perthyn i Wncl Edmwnd ond

mae e'n dweud ei fod yn casáu cefn gwlad, felly ni sy'n byw yma."

"O'n i'n meddwl bod eich Wncl Arthur yn byw yma?" meddai Rhian.

Ysgydwodd Dora ei phen. "Dyw Wncl Arthur ddim wir yn byw unrhyw le. Mae e wastad yn teithio dramor – cyn Periw roedd e yn Rhodesia a chyn Rhodesia roedd e yn Tsieina, dw i'n credu, neu efallai Siapan. Rhywle poeth. Mae e'n aros fan hyn pan mae'n dod adre ac yn storio ei holl hen bethau hynafol yn y llofft wair. Roedd Mam yn credu y byddai'n setlo yma ar ôl priodi, ond dyw hi ddim yn ymddangos y bydd e. Mae e a Miss Flynn yn mynd i Affrica nesa."

"Beth wyt ti'n credu oedd yn y bocs yna?" gofynnodd Aled. Doedd e ddim wedi anghofio'r bocs mawr, gyda'r cynnwys dirgel. "Soniodd Arthur am ryw gwpan, falle?"

"Does dim pwynt trio dyfalu beth mae Wncl Arthur yn dod gydag e i'r tŷ. Gallai fod yn unrhyw beth," atebodd Dora. "Ond mae'n rhaid ei fod e'n grair eitha prin os yw e a Miss Flynn mor gyffrous amdano. Awn ni i weld, ie?" Neidiodd Dora oddi ar y cafn ceffylau a rhedeg draw at Arthur, a oedd yn sefyll gyda Mari ac Wncl Edmwnd – dyn mawr ag wyneb coch gyda mwstás fel walrws – yn siarad gydag un o'r dynion tân.

"Wedi ei ddechrau'n *fwriadol*?" meddai Arthur. "Nefoedd wen! Allwch chi byth â bod o ddifri!"

"Wncl Arthur." Roedd Henri'n tynnu ar lawes ei wncl. "Allwn ni weld y cwpan yna?"

"Pa gwpan?" Trodd Wncl Edmwnd at Arthur yn flin. "Ti ddim wedi bod yn dod â *rhagor* o sbwriel i'r tŷ yma wyt ti, Arthur?"

"E? Beth? O, na, ddim o gwbl." Rhoddodd Arthur ei law ar ysgwydd Henri a dweud yn gyflym, "Pam na awn ni 'nôl i ti gael ymolchi, ie? Mari, wyt ti'n dod?"

Daeth Mari ar frys o ganol sgwrs gyda dyn tân arall. "Arthur, glywest ti beth roedden nhw'n ei ddweud?" meddai. "Bod rhywun wedi dechrau'r tân yn *fwriadol*! Alla i ddim credu'r peth! Alli di?"

"Dw i ddim yn gwybod," meddai Arthur. "Nes i

ddyfalu ... dyw hi ddim fel pe bai hi'n boeth iawn, ac mae Hodges yn dda am beidio ysmygu yn y stablau, ond allwch chi ddim bod yn hollol siŵr, wrth gwrs."

Cerddon nhw'n araf i fyny'r llwybr.

"Ond pwy fyddai'n rhoi'r stablau ar dân?" gofynnodd Dora. "A pham? Beth fyddai'r pwynt?"

"Dw i ddim yn gwybod ..." meddai Arthur eto, yn feddylgar. "Oes gen ti unrhyw elynion rwyt ti wedi anghofio sôn amdanyn nhw, cariad?"

"Heblaw dy fod ti'n cyfri'r pennaeth yna ym Mheriw," meddai Mari'n llon. "Ac roedd e hyd yn oed yn eitha hoff ohono i erbyn y diwedd, dw i'n meddwl. A beth bynnag, fy nghoginio i mewn olew berwedig fyddai wedi bod ei steil e, nid

difrodi eiddo. Ydy Edmwnd wedi codi gwrychyn rhywun?"

"Hanner y pentre, siŵr o fod," meddai Arthur. "Ond dw i'n methu credu mewn *gwirionedd* y byddai pobl sir Benfro'n llosgi adeiladau, chwaith. 'Sgwn i ..."

Roedden nhw wedi cyrraedd y tŷ. Gan nad oedden nhw bellach yn rhedeg yn wyllt tuag at y tân, roedd Aled yn gweld rhagor o wahaniaethau rhwng Tŷ Perllan *bryd hynny* a Thŷ Perllan *nawr*. Llenni gwahanol. Ffenestri gwahanol. Rhosod ar hyd y blaen. Ac roedd popeth yn edrych yn fwy newydd rywsut, llai tlawd a di-raen. Roedd yn deimlad rhyfedd, fel gweld llun o rywun pan oedden nhw ugain mlynedd yn iau.

Roedd y drws ffrynt yn agored. Gwgodd Arthur a cherdded yn gyflymach. "Beth sy'n bod?" meddai Mari. "Cariad?"

"Dw i ddim yn siŵr," meddai Arthur. "Dim byd falle. Ond ..." Brysiodd i'r cyntedd ac i mewn i'r ystafell fyw. Dilynodd y plant. Roedd Aled yn dechrau poeni er nad oedd yn siŵr pam.

Roedd yr ystafell fyw yn union fel yr oedden nhw wedi ei gadael. Roedd y bocsys yn dal mewn pentyrrau dros y llawr i gyd. Roedd y bocs mwyaf newydd yn dal yng nghanol yr ystafell, y clawr ar y bwrdd coffi wrth ochr cerflun eithaf hyll o geffyl ar ei goesau ôl. A safai Arthur wrth ochr y bocs yn syllu i mewn iddo.

"Cariad," meddai Mari gan sylwi ar rywbeth yn ei wyneb. "Cariad—"

Brysiodd y plant at y bocs ac edrych i mewn. Roedd Cwpan Isca wedi mynd.

PENNOD PEDWAR

Cacen eirin,
ffrogiau a môr-ladron

"Ydy'r math hyn o beth yn digwydd yn aml?" gofynnodd Aled.

Roedden nhw yn yr ystafell ymolchi. Roedd Aled yn synnu bod ystafelloedd ymolchi yn 1912 yn edrych yn eithaf tebyg i ystafelloedd ymolchi modern, ond bod gan y bath draed efydd fel llew, doedd dim cawod, ac roeddech chi'n tynnu dŵr i'r tŷ bach drwy dynnu tsaen oedd yn rhyddhau'r dŵr o danc uwch eich pen.

"Wel, mae pethau mawr wastad yn digwydd i Wncl Arthur a Miss Flynn," meddai Dora, gan rwbio'i hwyneb gyda chlwtyn a llwyddo, rhywsut, i roi'r llwch yn ôl ar ei hwyneb. "Roedden nhw bron â chael môr-ladron yn ymosod arnyn nhw ar

eu ffordd adre o Beriw. Ac mae'r tân yma jyst yn hollol nodweddiadol. Pwy bynnag gyneuodd y tân yna, wnaethon nhw hynny i'n cael ni allan o'r tŷ, mae'n amlwg, fel eu bod yn gallu dwyn y cwpan yna. O, mae'r hen lwch yma yn ofnadwy! Dw i ddim yn gweld pwynt ymolchi os ydyn ni gyd yn gorfod cael bath heno ta beth."

"Ry'n ni ychydig *bach* yn lanach," meddai Rhian, gan astudio ei hun yn fanwl yn y drych.

"Ydyn," meddai Dora. "Ond drycha. Allwch chi  ddim mynd ar hyd y lle yn 1912 wedi gwisgo fel yna. Bydd pobl yn credu eich bod chi wedi dod o'r syrcas. Gallwch chi fenthyg dillad wrthon ni, tan ein bod yn dod i ddeall sut i'ch anfon chi 'nôl."

"Ym," meddai Aled. Edrychodd ar Henri, nad oedd wedi gwneud unrhyw ymdrech i ymolchi, dim ond tynnu ystumiau hyll yn y drych. "Mae'n iawn i ti a Rhian. Ond wna i byth ffitio mewn i stwff Henri."

"Alli di fenthyg peth o stwff Dic – ein cefnder ni yw e," eglurodd. "Ar ochr Mam. Mae ein modryb ni wastad yn anfon ei hen ddillad e aton ni er mwyn i Henri dyfu i mewn iddyn nhw. Dere. Wna i ddangos i ti."

Doedd ystafelloedd gwely Dora a Henri ddim byd tebyg i rai Rhian ac Aled. Roedd Henri'n cysgu mewn ystafell gyda dau wely – un i Henri ac un i'r forwyn, oedd wedi gadael y llynedd. Roedd y waliau'n dal

wedi eu papurau â chymeriadau o hwiangerddi,
rhywbeth roedd Henri braidd yn ddirmygus ohonyn
nhw. Roedd man chwarae yn sownd i'r ystafell gyda
cheffyl siglo – un gwahanol i'r un yn ystafell chwarae
Anti Joanna, ceffyl llawer yn fwy cyffrous yr olwg,
bron fel un go iawn. Roedd yma silff lyfrau'n llawn
llyfrau clawr caled a hen gwpwrdd di-raen yn llawn

teganau. Edrychodd Aled ar y silff lyfrau. Roedd rhai llyfrau yr oedd wedi clywed amdanyn nhw: *Y Beibl*, *Peter Rabbit* ac *Alice Through the Looking-Glass*, ond nid oedd yn gyfarwydd â *Trysorfa'r Plant*, ac roedd sawl un arall yn ddieithr iddo ac yn llwydaidd eu cloriau.

Roedd gan Dora ei hystafell ei hunan, oedd yn daclus iawn; roedd yn atgoffa Aled o ystafelloedd y gwesteion yn nhŷ Anti Joanna, er nad oedd ganddyn nhw welyau haearn na chwrlid plu, na byrddau gwisgo gyda brwshys gwallt arian, a stand ymolchi gyda basin a jwg tsieini gyda lluniau o fugeiliaid arni. Yn wahanol i ystafell Rhian gartref, oedd â phosteri o fandiau ar y waliau, a lluniau o Rhian a'i

ffrindiau, ac a oedd yn llawn pethau arferol merch yn ei harddegau, edrychai ystafell Dora fel ystafell oedolyn.

Dim ond y lluniau o fenywod mewn ffrogiau llaes, wedi eu torri o gylchgronau a'u gludo o gwmpas y drych, y llyfrau ar y silff lyfrau a'r tair doli glwt oedd yn pwyso ar ei gilydd yn eithaf trist eu golwg ar silff y ffenest oedd yn awgrymu bod yr ystafell hon yn perthyn i blentyn o gwbl.

Roedd dillad 1912 yn rhyfedd. Gwisgai'r bechgyn a'r merched ddillad isaf hir – fel rhyw fath o gyfuniad o fest a throwsus yn un. Roedd Rhian yn gwrthod eu trio, hyd yn oed.

"Nag wyt ti'n *boeth*?" meddai. "Mae'n haf!" Dros

y dillad isaf, roedd disgwyl i Rhian wisgo sawl pais, a bodis a oedd yn rhywbeth rhwng corset a fest, a sanau du. Ar ben hynny, roedd merch yn 1912 yn gwisgo ffrog hir, ffrog binaffor wen ac os oedd hi'n mynd allan – het.

"Mae hyn yn *wallgo*!" meddai Rhian yn grac. "Yn ein cyfnod ni ni'n gwisgo ffrogiau haf yn yr haf! Coesau noeth a sandalau!"

"Wel," meddai Aled, yn ceisio bod yn deg. "Yn ein cyfnod ni, mae newid hinsawdd yn digwydd." Ond roedd hyd yn oed Aled yn cyfaddef bod Dora a Rhian yn edrych yn boeth iawn yn eu holl haenau.

"Coesau noeth. Mae hwnna'n swnio'n neis," meddai Dora yn eiddigeddus gan edrych ar jîns glas

a chrys-T Rhian. "Ond mae dy ddillad di'n anweddus iawn."

"Mae angen i rywun," meddai Rhian yn gadarn, "dy ddysgu di ynglŷn â ffeministiaeth."

Roedd dillad y bechgyn yn well, a throwsus pen-glin llwyd a siaced, crys a het wellt cefnder Henri yn fwy derbyniol (er bod gan y crys goler yr oeddech yn gallu ei dynnu, a oedd yn rhyfedd *iawn*). Roedd Aled yn teimlo'n eithaf hapus gyda'i ddillad – tan iddo weld yr eitem olaf yr oedd Henri'n ei thynnu o'r drôr.

"Teits! Teits du!" Edrychodd Dora arno mewn syndod. "Na!" meddai Aled. "Dyw bechgyn ddim yn gwisgo teits. Ddim yn y dyfodol. Ddim byth!" Ond roedd hi'n ymddangos bod bechgyn yn 1912 wir yn

gwisgo teits. Yr unig sanau yr oedd Henri'n berchen arnyn nhw oedd pâr o sanau byrion yr oedd wedi eu cael ar gyfer ei ddosbarth dawnsio, ac roedden nhw'n rhy fach o lawer i Aled, hyd yn oed pe byddai wedi bod ag awydd eu gwisgo.

Doedd gan Rhian ddim cydymdeimlad o gwbl. "O leia gelli di redeg!" meddai.

Lawr llawr, roedd rhywun yn curo ar gong. "Te!" meddai Dora. "Oes awydd bwyd arnat ti? Dw i'n llwgu."

Ar eu ffordd i lawr y grisiau, oedodd Aled wrth y drych. Edrychai'n union yr un peth ag arfer yng nghyntedd Anti Joanna, yn adlewyrchu'r papur

gwyrdd a melyn a'r drws ffrynt gwyn. Cyffyrddodd Aled ynddo. Ni ddigwyddodd unrhyw beth.

"Wyt ti'n meddwl ein bod yn sownd fan hyn am byth?" gofynnodd Rhian.

Doedd Aled ddim yn gwybod yr ateb. "Gobeithio ddim," meddai'n dawel.

"Dw i wedi bod yn meddwl," meddai Rhian, "am y dymuniad yna wnest ti. Ti'n meddwl bod gan hyn unrhyw beth i'w wneud ag e? Er enghraifft, efallai bod y cwpan yna o'r Aifft werth miloedd a miloedd o bunnoedd. Falle iddo gael ei ddwyn a dyna pam mae Anti Joanna yn dlawd. Wel, eitha tlawd." Doedd dim modd disgrifio unrhyw un oedd berchen ar Tŷ Berllan fel person tlawd. "Felly falle bod *genie* yn

y botel yna, a'i fod yn gwireddu dy ddymuniad di. Os gallwn ni ddod o hyd i'r cwpan, yna bydd Arthur ddim wedi ei golli a bydd ganddo fe'r arian yna i gyd, ac yna bydd Anti Joanna yn gallu ei etifeddu a bydd pawb yn hapus ac fe allwn ni fynd adre."

"Falle," meddai Aled yn amheus. Y bore hwnnw byddai wedi dweud nad oedd yn credu mewn hud a lledrith na dymuniadau. Ond roedd llawer wedi digwydd ers y bore hwnnw. "A fyddai *genie* yn gallu rhoi'r arian yng nghyfrif banc Anti Joanna? Dyna beth fydden i'n ei wneud."

"Ond nid *genie* oedd yn y botel," mynnodd Rhian. "Dim ond pentwr o lwch. Falle nad oedd digon o hud a lledrith ar ôl ganddo."

"Neu falle," meddai Aled, "nad yw hyn yn ddim i'w wneud gyda'r botel yna. Falle taw drych sy'n teithio drwy amser yw e. Dylen ni ofyn i Arthur o ble ddaeth y drych, ac os yw e'n gwybod sut mae'n gweithio."

"Dyw e ddim yn gwybod ei fod yn gallu dy anfon di 'nôl mewn amser," meddai Rhian. Roedd yn rhaid i Aled gytuno. Doedd Arthur ddim yn edrych fel pe bai'n credu bod teithio mewn amser yn bodoli pan gododd Henri'r pwnc y bore hwnnw. "Mewn llyfrau," aeth Rhian yn ei blaen, "mae plant wastad yn gorfod dod o hyd i'r ateb i rywbeth cyn eu bod yn gallu datrys beth bynnag yw eu problem. Er enghraifft, os oes ysbryd, mae'n rhaid i chi ddatrys problem yr ysbryd, ac yna mae'n stopio dod i'r tŷ. Neu mae'n

rhaid i chi beidio lladd eich tad-cu, neu beth bynnag. Felly falle nad yw'n ddim byd i'w wneud gyda dy *genie* twp di. Falle bod problem fan hyn sydd angen ei datrys a phan fyddwn ni wedi ei datrys, allwn ni fynd adre."

"Y cwpan eto," meddai Aled.

"Ie ..." meddai Rhian yn feddylgar. Gwasgodd ei bys yn erbyn y gwydr. Yna chwarddodd. "Dere," meddai. "Awn ni i gael te. Allwn ni boeni am y cwpan gwirion yna yn nes ymlaen."

Doedd gan Aled na Rhian ddim syniad beth oedd te'n ei olygu yn y tŷ hwn yn y flwyddyn hon. Roedd Aled yn gallu dychmygu te ffermwyr, fel yn y nofelau

roedd Anti Joanna wedi eu cadw o'i phlentyndod, gyda ham cyfan a bara cartref a tharten afal. Roedd Rhian yn gobeithio cael te prynhawn ysgafn llawn cacennau ar stand arian, a brechdanau ciwcymbr heb y crystiau.

Yr hyn gafodd ei gario i'r ystafell (sef yr ystafell yn nhŷ Anti Joanna lle byddai'r ymwelwyr yn cael eu brecwast) oedd tebot mawr, plataid o fara a menyn, jar o jam mefus, a rhywbeth nad oedd y plant wedi ei weld o'r blaen, ond dywedodd Dora mai cacen eirin oedd hi.

"Nag oes cacen eirin gyda chi yn y dyfodol?" gofynnodd Henri mewn syndod.

"Dw i ddim yn meddwl," meddai Aled. "Mae

llawer o bethau eraill gyda ni," ychwanegodd yn gyflym. "Bisgedi o bob math, a thoesenni, cacen foron—"

"Cacen *foron*!" tagodd Henri, a bron iddo syrthio oddi ar ei sedd wrth iddo chwerthin.

"Mae'n blasu'n well na mae'n swnio," meddai Aled, ond roedd Dora a Henri'n edrych fel pe baen nhw'n mynd i fod yn sâl.

Roedden nhw hanner ffordd drwy eu hail sleisen o gacen pan ymddangosodd Arthur a Mari. Edrychai'r ddau'n lanach na'r plant (ond roedd gan Arthur linell ddu amheus tu ôl i'w glustiau).

"Wel, wel!" meddai Arthur. "Cacennau! Hwrê!"

Anwybyddodd y bara menyn a chydio mewn

cyllell a thorri darn anferth o gacen i'w hunan a'i rofio mewn i'w geg.

"Gobeithio bod rhywun wedi mynd â bwyd i westeion y briodas," meddai Mari wrth arllwys y te.

"Ddywedes i wrth Eileen am sortio hwnna, cariad," meddai Arthur. "Roedden nhw wedi osgoi'r rhan fwya o'r huddyg ac wedi cario ymlaen i addurno'r neuadd. Ddywedodd Edmwnd wrthon ni am ymuno â nhw ar ôl ymolchi. Well i chi blant ddod hefyd 'te," meddai gan astudio Aled a Rhian. "*Pwy* ddywedoch chi oeddech chi'n union?"

"*Ddywedes* i wrthoch chi!" meddai Henri'n ddiamynedd. "Maen nhw wedi dod o'r dyfodol!"

"O, Henri, gad dy ddwli," wfftiodd Arthur. Roedd

hi'n anodd meddwl amdano fel oedolyn; roedd yn ymddwyn mwy fel rhywun yn ei arddegau.

"Mae'n wir," mynnodd Aled. "Rhian, dangosa dy ffôn."

Aeth Rhian i'w bag. Twriodd yn ddyfnach. Yna trodd y bag wyneb i waered nes bod allweddi, pwrs, brwsh gwallt a phapurau amrywiol yn syrthio ar y llawr. "Mae e wedi mynd!"

"Beth ti'n feddwl, wedi mynd?" meddai Aled.

"Fy ffôn i! Dyw e ddim yna! Mae rhywun wedi ei ddwyn e!"

"Falle'i fod e wedi cwympo allan o dy fag di," awgrymodd Dora.

"Na!" meddai Rhian yn grac. "Mae rhywun wedi

ei ddwyn e! A dw i'n gwybod pwy hefyd! Y bachgen 'na! Yr un ddaeth â'r bocsys yna gyda Hodges. Wnaeth e fwrw yn fy erbyn i pan ddaeth e i mewn i'r stafell! *Ac* fe gydiodd ynddo i! O'n i'n meddwl ei fod e'n trio pinsio fy mhen-ôl i neu rywbeth. Ond na! Roedd e'n dwyn fy ffôn i!"

"Pam fydde fe'n dwyn dy ffôn di?" gofynnodd Aled. "Fydde fe ddim hyd yn oed yn gwybod beth oedd e."

"Dw i'n meddwl bod dy ffrind di siŵr o fod yn iawn," meddai Arthur. "Frank oedd hwnna, mab y garddwr. Mae e *yn* dwyn pethau, y diawl bach. Cer i ofyn amdano fe 'nôl. Bydd dim ots ganddo fe. Mae e wedi hen arfer."

"Mae Wncl Arthur yn iawn," cytunodd Dora. "Sori, ond does neb erioed wedi gallu ei rwystro fe. Mae e'n ddigon diniwed."

"Diniwed? Dwyn?" meddai Rhian. Edrychodd ar Aled ond ddywedodd e ddim byd.

"Mae'n wir," meddai Dora. "Mae e'n araf ... mae e'n hoffi casglu pethau." Cododd ar ei thraed. "Dewch. Mae e siŵr o fod yn y stablau gyda Hodges, yn helpu i glirio. Awn ni i weld."

"Ac *yna* fe welwch chi 'mod i'n iawn!" meddai Henri wrth Arthur.

"O'r gorau," meddai Arthur. Pwysodd ymlaen a thorri darn arall o gacen.

PENNOD PUMP

Capiau
a hetiau

Edrychai'r stablau'n druenus yn haul y prynhawn. Roedd y dynion tân a'r gwesteion priodas wedi gadael, a'r cwbl oedd ar ôl oedd y waliau oedd wedi duo a thrawstiau'r stablau oedd wedi eu llosgi'n ulw. Wrth agosáu, gallai Aled weld nad oedd y difrod yn rhy wael; roedd y drws a'r pren ar y tu mewn – ac wrth gwrs y gwellt – wedi mynd, ond roedd y waliau yn rhai carreg ac roedd y to wedi ei wneud o lechi, ac roedd y rhain yn ddu ond yn dal yn eu lle.

Roedd Hodges yn brysur yn taflu bwcedi o ddŵr dros y pren oedd wedi llosgi er mwyn sicrhau bod y tân wedi diffodd yn llwyr. Rhedodd Dora a Henri ato.

"Hodges bach! Ydy e i gyd wedi difetha? Ydy'r

stabl yn mynd i gwympo i lawr?" Roedd Aled wastad wedi credu bod gweision yn bobl yr oeddech yn dweud wrthyn nhw beth i'w wneud ond roedd Dora a Henri yn amlwg yn ystyried y rhain yn estyniad i'w teulu. Roedd Hodges yn amlwg yn cytuno. Rhoddodd y bwced i lawr a gwenu arnyn nhw'n gysurlon.

"Na," meddai. "Ddown ni i drefn. Dim ond y pren sydd wedi mynd. Dywedodd Mr Tomos y byddai'n gofyn i rywun mae'n ei nabod sy'n bensaer i ddod i edrych arno. Dywedes i wrtho y gallen ni osod stabl heb bensaer, ond dywedodd Mr Tomos fod angen i'r ystyllod a phopeth fod yn iawn."

"Glywoch chi beth ddigwyddodd?" meddai Henri.

"Wnaeth rhywun gynnau'r tân ac yna dwyn crair newydd Wncl Arthur!"

"Mae'n wir," meddai Dora. "On'd yw hwnna'n beth ofnadwy i'w wneud? A ble yn y byd mae'r ceffylau'n mynd i gysgu?"

"Peidiwch â phoeni am y ceffylau, Miss Dora," meddai Hodges. "Dywedodd Mrs Pinkerton y byddai'n eu cymryd nhw tan fod y stablau wedi eu trwsio. Byddwch chi'n gallu mynd draw i farchogaeth unrhyw bryd."

"Da iawn!" meddai Henri.

"Mae Mrs Pinkerton yn galon i gyd," cytunodd Dora. "Hodges, wyt ti'n gwybod ble mae Frank?"

"Na," meddai Hodges. "Ddim ers i ni ddod â'r

bocsys yna i mewn i'r tŷ. Ond ti'n gwybod sut un yw Frank. Llawn direidi. Os gwelwch chi Frank, dywedwch wrtho fod digon o waith i'w wneud fan hyn, a dyw e ddim yn cael ei dalu am ddiogi."

Hodges, esboniodd Dora, oedd y garddwr a'r gwas. Frank oedd ei fab ac roedd yn derbyn tâl bach iawn am helpu ei dad gyda'r gwaith ychwanegol yn yr ardd yn ystod gwyliau'r ysgol.

Daethon nhw o hyd iddo heb fawr o drafferth tu ôl i un o'r siediau garddio, yn eistedd ar y llawr yn astudio rhyw wrthrychau. Edrychai'n eithaf euog pan welodd Dora.

"Frank!" meddai. "Beth wyt ti'n gwneud fan hyn? Wyt ti wedi bod yn dwyn eto?"

Gwenodd Frank yn euog ond nid atebodd. Estynnodd Dora ei llaw ato. "Dere," meddai. "Rho nhw i fi. Ti'n gwybod nad wyt ti fod i fynd â phethau heb ofyn."

Aeth Frank i'w boced a thynnu dyrnaid o bethau bach allan: ffôn Rhian, addurn tsieni a'r bagaid o losin yr oedd Henri a Dora wedi bod yn ymladd drostyn nhw yn y drych. Cymerodd Dora nhw yn ôl.

"Roedd hwnna'n ddrwg, Frank," meddai, a rhoddodd e wên euog arall a phlygu ei ben. "'Co ti," meddai gan roi'r ffôn i Rhian a'r bag papur i Henri, ond roedd Rhian yn brysur yn edrych ar y pentwr o bethau roedd Frank yn amlwg yn ceisio ei guddio.

"Beth yw hwnna?" gofynnodd.

Edrychai Frank yn bryderus. "Dim!" meddai. "Dim byd!"

"Dere i fi weld," mynnodd Rhian. Aeth at y pentwr a dilynodd y lleill. Nawr roedd Aled yn gallu gweld beth roedd Frank wedi bod yn ei guddio. Can o betrol. Bocs o fatsys. Clytiau.

"Ti ddechreuodd y tân!" gwaeddodd. "Wnest ti ddwyn y cwpan hefyd?"

Roedd Frank yn ysgwyd ei ben.

"Ddim fi, ddim fi," meddai. "Ddywedon nhw wrtha i am wneud!"

"Pwy?" gofynnodd Dora. Ysgydwodd Frank ei ben eto.

"Frank, mae hwn yn fater difrifol," meddai Dora.

"Mae'r diawled yna sydd wedi dweud wrthot ti am gynnau'r tân – maen nhw wedi dwyn rhywbeth pwysig oddi wrth Wncl Arthur. Mae'n rhaid i ti ddweud wrthon ni pwy oedden nhw, fel y gallwn ni ddod o hyd iddyn nhw. Oedden nhw'n bobl ti'n eu nabod?"

Roedd Frank yn ysgwyd ei ben. "Jyst dynion," meddai. "Dynion dieithr."

"Ti ddim yn gwybod eu henwau nhw?" meddai Aled yn obeithiol.

Ysgydwodd Frank ei ben. Oedodd ac yna meddai, "Maen nhw'n aros yng nghoetsiws Mrs Pinkerton. Daethon nhw yno neithiwr."

"O!" meddai Dora. "O, Frank, diolch!"

Gwenodd Frank.

"Awn ni i'w nôl nhw!" meddai Rhian.

"Dylen ni ddweud wrth Wncl Arthur a Miss Flynn," meddai Dora.

"Dim amser," meddai Aled. "Maen nhw siŵr o fod wedi gadael yn barod. Fydden ni wedi gwneud, fyddet ti? Mae angen i rywun fynd i nôl help ac mae angen i rywun fynd i'w stopio nhw rhag gadael, os ydyn nhw'n dal yna."

Cnôdd Dora ei gwefus wrth iddi feddwl yn sydyn. "Henri," meddai. "Cer di i nôl Wncl Arthur. Fydd e'n gwybod beth i'w wneud. Awn ni i'r coetsiws. Brysiwch!"

Roedd Mrs Pinkerton yn byw ar ochr arall y pentref. Yng nghyfnod Aled a Rhian roedd ei thŷ yn westy crand gyda champfa a gerddi mawr. Roedd rhieni Aled a Rhian wedi mynd â nhw am ginio yna un tro i ddathlu pen-blwydd rhyw berthynas ac roedd y lle'n llawn oedolion yn yfed diodydd ffansi. Roedd hi'n rhyfedd meddwl mai dim ond un teulu oedd yn byw yno yn 1912.

Roedd y coetsiws yn union fel yr oedden nhw'n disgwyl iddo fod: adeilad wedi ei gynllunio i gadw coetsys, fel rhyw fath o garej o'r cyfnod hwnnw. Roedd coets yna nawr, a char hen ffasiwn iawn yr olwg, a char arall wedi ei barcio y tu allan. Ar ochr y coetsiws arweiniai grisiau carreg i'r ail lawr, lle

roedd rhyw fath o ystafell fawr. Daeth dyn mewn siwt ddu a het i lawr y grisiau â chês ym mhob llaw, yn amlwg ar fin eu rhoi yn y car. Edrychodd ar y plant ond ni ddywedodd unrhyw beth.

"Wyt ti'n credu taw un o ddynion Ffrank yw hwnna?" sibrydodd Aled wrth Dora.

Cododd Dora ei hysgwyddau. Roedd y dyn yn edrych fel gwas, neu fwtler efallai. Meddyliodd Aled nad oedd rhwystro rhywun rhag gyrru car o adeilad wedi ei gynllunio i gadw ceir yn ffordd dda o ddal troseddwr; wedi'r cyfan, adeilad oedd wedi ei godi i gadw ceir yn ddiogel oedd hwn. A beth petaen nhw'n arestio gyrrwr Mr Pinkerton mewn camgymeriad? Ar y llaw arall, roedd e *wedi* dod o'r ystafelloedd

uwch ben y coetsiws. Roedd *rhaid* bod y cesys yna'n perthyn i rywun, ac roedd rhaid bod rhywun yn mynd i ddod i'w nôl nhw.

Roedd Aled yn iawn. Eiliad yn ddiweddarach, ymddangosodd ail ddyn – gŵr ifanc tua oed Arthur, gyda gwallt coch a brychni haul. Roedd hyd yn oed Aled yn gallu gweld bod y dyn hwn wedi ei wisgo'n well na'r dyn oedd yn edrych fel bwtler; gwisgai siwt wlanen yn debyg i un Arthur, a het wellt fel fersiwn oedolyn o'r un roedd Aled yn ei gwisgo. Doedd dim un o'r dynion yn edrych fel lladron – dim ond dyn ifanc digon cyffredin a'i was a welai'r plant.

"Edrych!" meddai Rhian, gan bwyntio.

Am eiliad, doedd Aled ddim yn deall beth roedd

hi'n ei feddwl. Yna fe welodd e fod darn o wellt yn
sownd i lawes y dyn. Darn o wellt oedd yn debyg
iawn i'r gwellt oedd o gwmpas cwpan Isca yn y bocs.

"Nhw wnaeth e!" meddai Rhian yn llawn cyffro.
Rhoddodd y dyn oedd yn edrych fel bwtler y cesys

yng nghefn y car, caeodd y drws a dringodd i sedd y teithiwr. "Ac maen nhw ar fin dianc! Mae rhaid i ni eu hatal nhw!"

"*Sut?*" meddai Aled, ond roedd Rhian eisoes yn rhedeg atyn nhw.

"Helô!" meddai. "Ni'n casglu ... ym ... ar gyfer ..." Edrychodd ar Dora ac meddai hi, "Y Gymdeithas Genhadol" yn gyflym.

"Ie!" meddai Rhian. "Nhw. Mae angen cenhadon arnon ni. Hoffech chi wneud cyfraniad? Mae'n waith da, sy'n perswadio pobl i droi at Dduw."

"Ddim nawr, blantos," meddai'r dyn yn yr het wellt. 'Ni ar frys."

"O, wnaiff e ddim cymryd yn hir," meddai Rhian

yn daer. Symudodd i sefyll rhwng y dyn a drws y car. "Gad i fi ddweud wrthoch chi am yr holl waith da maen nhw'n ei wneud yn ... Affrica. Ac Asia! Ac Awstralia! Yn canu emynau. Yn archwilio'r jwngl!"

Roedd Aled yn eithaf siŵr nad oedd cenhadon yn archwilio unrhyw jwngl. Doedd y dyn ifanc yn amlwg ddim yn meddwl hynny chwaith.

"Iawn," meddai. "Neis iawn. Ewch yn eich blaenau nawr." A gwnaeth ystum at Rhian er mwyn iddi symud. Ond ni symudodd Rhian.

"A pheth arall!" meddai Rhian. "Cyn i chi fynd! Ydych chi wedi gweld fy nghi i? Dw i wedi ei golli. Mae e tua'r maint hyn – mae'n wyn – ei enw yw

Samuel, ond mae'n dod atoch os wnewch chi ei alw'n Sam. Mae'n—"

"Na, welais i'r un ci!" mynnodd y dyn ifanc yn flin. "Edrychwch. Dw i ar frys mawr. Dw i ddim yn gwybod sut fath o gêm chi'n ei chwarae ond os wnewch chi symud o'r ffordd, mae'n rhaid i fi fynd."

Edrychodd Dora ar Aled mewn gobaith. "Ond allwch chi ddim!" meddai, cyn y gallai Aled roi taw arni.

Agorodd y dyn, oedd yn edrych fel y bwtler, ddrws y car a chamu allan. Roedd wyneb y dyn arall yn dal i edrych yn eithaf crac, ond roedd wyneb y bwtler bellach wedi troi'n gas a chododd hyn fraw ar Aled.

Am y tro cyntaf ers iddyn nhw gyrraedd teimlai'n ofnus.

"A pham ddim?" gofynnodd y bwtler.

"Ym," meddai Aled. "Dim rheswm. Wrth gwrs gallwch chi fynd. Mae'r merched yn bod yn wirion. Ni'n chwarae gêm. Dere, Rhian. Beth am adael llonydd iddyn nhw?"

Gwenodd y dyn yn yr het wellt mewn rhyddhad. "Ie," meddai. "Doniol iawn. Gadewch i fi fynd i mewn i 'nghar i, wnewch chi?"

"Ond allwn ni ddim!" meddai Dora. Stampiodd ei throed. "Allwn ni ddim gadael iddyn nhw fynd! Maen nhw wedi dwyn cwpan Wncl Arthur!"

Aeth pawb yn erchyll o dawel. Syllodd Rhian ac

Aled ar Dora. Syllodd y dyn yn yr het wellt ar y dyn oedd yn edrych fel bwtler, a gaeodd ddrws y car gyda chlep galed, fwriadol a throi'n araf iawn at y plant.

"*Beth* ddywedaist ti? Dwyn?" gwaeddodd.

"Dim!" meddai Aled. Gafaelodd yng ngarddwrn Dora. "Na, nid dwyn wedodd hi ond ... cwyn. Ie cwyn. Bydd Wncl Arthur yn gwneud cwyn os na fyddwn ni wedi casglu digon o arian. Nawr Dora, pam na awn ni i ofyn i bobl eraill am roddion yn hytrach na gwastraffu amser fan hyn? Dw i'n siŵr bod pethau gwell ganddyn nhw i'w wneud."

Taflodd Rhian edrychiad amheus ato. Dywedodd y dyn yn yr het wellt, "Giles!"

"Iawn, syr," atebodd y dyn oedd yn edrych fel

bwtler. Rhoddodd ei law ar ysgwydd Rhian. "Beth yw eich gêm chi 'te?" meddai "Trio'n rhwystro ni, ydych chi? Chi ddim wedi galw'r heddlu neu unrhyw beth fel 'na, ydych chi?"

"Ydyn!" meddai Dora. "A ni wedi dweud wrthyn nhw'n union ble chi'n aros, a phwy ydych chi, a'n bod ni wedi dod i'ch rhwystro chi! Felly os wnewch chi drio gwneud unrhyw beth i ni, byddan nhw'n gwybod taw chi oedd e. Byddan nhw'n dod ar eich hôl chi!"

Syllodd y dyn iau ar Giles, ac ysgydwodd ei ben. "Dw i ddim yn meddwl, syr," meddai. "Dw i methu gweld yr heddlu'n gadael i blant ddod ar ôl troseddwyr peryglus ar eu pennau eu hunain. Mae

hi siŵr o fod wedi anfon rhywun i ddod o hyd i'w hewythr, dyna i gyd."

Rhoddodd ei law ym mhoced ei drowsus a thynnu darn o bren wedi ei lapio mewn lledr a oedd tua thri deg centimetr o hyd. Daliodd ef yn un llaw a dechrau ei guro yn erbyn y llaw arall. Roedd hwn yn amlwg yn arf o ryw fath.

"Hoffech chi i fi roi trefn ar y plant yma, syr?" meddai.

"Dyw nadroedd gwenwynig yn ddim o'i gymharu â hyn!"

Roedd Aled wedi darllen sawl llyfr oedd yn cynnwys storïau am bobl yn ymladd. Roedd e hyd yn oed wedi bod i ddosbarth jiwdo un tro, gyda'i ffrind Owain, ond cafodd drafferth ei gymryd o ddifri. Roedd y pyjamas gwyn yn gwneud iddo chwerthin.

Ond teimlai gywilydd, fodd bynnag, am ba mor gyflym roedd y ffeit gyda'r ddau ddyn wedi dod i ben. Roedd Giles wedi rhoi ei freichiau o gwmpas Rhian, ei chodi a'i chario i'r coetsiws, lle caeodd y drws a'i folltio. Roedd Aled wedi rhedeg ar ei ôl er mwyn agor y drws ac roedd yr un peth wedi digwydd iddo ef; roedd wedi cael ei godi a'i osod wrth ochr Rhian. O ystyried mai bwtler oedd e, roedd Giles yn eithaf cryf.

Roedd Dora, yn y cyfamser wedi rhedeg at y tŷ
mawr gan weiddi nerth ei phen, "Help! Help! Ni'n
cael ein *herwgipio!*"

Yn anffodus, er mwyn cyrraedd y tŷ mawr roedd
rhaid mynd trwy giât a oedd wedi ei chloi, a thra bod
Dora'n dringo drosti, roedd y dyn yn yr het wellt wedi
llwyddo i gydio ynddi a'i llusgo ato. Parhaodd Dora
i weiddi, ond roedd hyn wedi golygu bod ganddi lai
o egni i ymladd, a doedd hi ddim yn anodd i'r dyn yn
yr het wellt – nad oedd, yn ôl ei olwg, yn arbennig o
heini – i gael y gorau arni. Roedd Rhian bron â dianc
pan agorodd e'r drws a gwthio Dora i mewn, ond
roedd y ddau ddyn y tu allan bellach, ac fe lwyddon
nhw i gau'r drws yn ddigon hawdd. Yna clywodd y

plant follt yn cael ei chau. Yna clywon nhw rywbeth oedd yn swnio fel clo clap yn cael ei roi arni. Yna clywon nhw leisiau – ond ddim yr union eiriau – yn cynyddu wrth i'r dynion symud i ffwrdd. Yna sŵn drws yn cau ac injan yn tanio a sŵn car yn gyrru i'r pellter.

Ac yna tawelwch.

Dora siaradodd yn gyntaf.

"Ydy pawb yn iawn?" meddai. "Wnaethon nhw ddim eich brifo chi, naddo?"

"Na," atebodd Rhian. "Ond falle fy mod i wedi eu brifo *nhw*." Roedd Aled yn gallu clywed y ddau ohonyn nhw'n ymbalfalu yn y tywyllwch. Yna, ar yr

un pryd, taniodd Dora fatsien a daeth Rhian o hyd i'r fflachlamp ar ei ffôn ac yn sydyn roedden nhw'n gallu gweld.

"Fflachlamp drydan!" meddai Dora, yn llawn edmygedd.

Ar yr un pryd, meddai Rhian, "Ti'n cario *matsys* yn dy boced? Ti wir fel cymeriad un o lyfrau T. Llew Jones, on'd wyt ti?"

"Beth?" meddai Dora.

"Llyfrau i blant," esboniodd Rhian. "Mae plant mewn llyfrau wastad yn cario cyllyll, hancesi a pethau fel 'na gyda nhw. Dw i erioed wedi deall pam."

Edrychai Dora fel pe bai wedi drysu.

"Ti angen hances i chwythu dy drwyn. Nag oes hancesi gyda chi yn y dyfodol?"

"Na," meddai Rhian. "Dim ond hancesi papur. Ond pa mor aml chi'n defnyddio matsys?"

"Pa mor aml ti'n defnyddio dy fflachlamp?" meddai Dora. Agorodd Rhian ei cheg i egluro am ffonau symudol, a hefyd yr amseroedd gwely gwallgof roedd ei rhieni hi'n eu gorfodi arnyn nhw, a hithau bron yn ei harddegau. Torrodd Aled, a oedd wedi bod yn archwilio'r coetsiws, ar ei thraws.

"Mae 'na ffenest yma, ond dw i ddim yn credu y gallai unrhyw un ohonon ni ddringo drwyddi, hyd yn oed os gallen ni ei thorri. Ond mae bwyell fan hyn. Falle allwn ni falu'r drws?"

Rhoddodd Rhian a Dora'r gorau i ddadlau ac edrych yn amheus ar ddrws y coetsiws, oedd yn fawr ac yn gadarn a siŵr o fod y byddai'n ddrud a thrafferthus iawn iddyn nhw gael un arall, hyd yn oed pe *bydden* nhw'n llwyddo i'w falu. Yna edrychon nhw ar fwyell

Aled, oedd yn edrych yn fwy tebyg i'r math o beth sydd wedi ei gynllunio i dorri pren yn brennau bach yn hytrach na rhywbeth i falu drysau trwchus.

"Dw i ddim yn credu y gallwn ni *falu'r* drws," meddai Dora. "Byddai Mrs Pinkerton yn ypset iawn."

"Byddai hi hyd yn oed yn fwy ypset pe byddai'n dod o hyd i'n cyrff ni i mewn yma," meddai Rhian, yn grac.

"Mae Henri'n gwybod ble ydyn ni. Ddaw e o hyd i ni yn y pen draw," mynnodd Aled.

"O," meddai Rhian. "Yn y *pen draw*. Grêt. Pan fydd y dynion yna *filltiroedd* i ffwrdd. Yn *Sweden*, siŵr o fod yn gwario'u henillion ar ... wn i ddim ... *saunas* a phethau. Tra'n bod ni'n sownd mewn fan

hyn." Edrychodd ar gar Mrs Pinkerton, oedd wedi ei barcio yng nghanol y coetsiws. "Pa mor anodd yw gyrru car o 1912, chi'n meddwl? Dw i'n siŵr y gallen ni dorri'r drws i lawr pe bydden ni'n gyrru i mewn iddo."

"Allen i *byth*," meddai Dora mewn syndod. "Mae ceir yn ddrud iawn. Allen i ddim gyrru i mewn i *ddrws*."

"Dy'n nhw ddim mor ddrud â'r cwpan yna o'r Aifft, dw i'n siŵr," meddai Rhian yn syth, ond gan nad oedd hi nac Aled yn gwybod sut i yrru, doedd dim pwrpas trafod y peth.

"Falle bod pobl eraill ar hyd y lle," awgrymodd Dora. "Beth am i ni weiddi?"

Edrychai Rhian yn eithaf pwdlyd bod rhywun heblaw hi wedi meddwl am y syniad, ac ar ôl ychydig o ddadlau ynglŷn â beth i'w weiddi, cyfrodd y criw i dri a gweiddi, "HELP!"

Yna, oherwydd ei fod yn hwyl, daeth gwaedd arall:

"HELP! HELP!"

"NI YN Y COETSIWS!" ychwanegodd Aled, ond gwnaeth hynny ddim lles. Daeth neb.

Eisteddodd Rhian a Dora ar bentwr o goed. Dywedodd Rhian ei bod yn ceisio cadw ei hegni a fyddai'n ddefnyddiol pe bydden nhw wir yn dechrau llwgu i farwolaeth. Roedd Aled yn meddwl bod hyn yn hurt, ond ddywedodd e ddim. Cymerodd ffôn

Rhian a pharhau i archwilio'r coetsiws, rhag ofn
bod rhywun wedi gadael allwedd yno neu rywbeth.
Ond doedd dim allwedd yn unman. Yn y diwedd,
daeth i eistedd gyda'r merched a cheisio peidio
digalonni.

"Sut le *yw'r* dyfodol?" meddai Dora. "Wnaethoch
chi ddim dweud wrthon ni'n iawn." Doedd Rhian ac
Aled ddim cweit yn siŵr sut i'w hateb.

Wel," meddai Aled. "Mae cyfrifiaduron gyda ni.
A ffonau symudol a setiau teledu a – thrydan—"

"Mae trydan gyda ni!" meddai Dora. "Mae
generadur ein hunain gyda ni."

"Mae gan bawb drydan yn y dyfodol," meddai
Rhian. "Wel, pawb ym Mhrydain. Ac mae gan y

rhan fwya o bobl geir. A does gan neb weision – oni bai eich bod wir yn gyfoethog, fel y Frenhines, neu rywun. Does gan neb weision sy'n byw gyda nhw, ta beth. Mae gan fy ffrind Catrin lanhawraig, ond does gan neb gogyddion a morwynion."

"Oes peiriannau gyda chi i wneud eich bwyd?" meddai Dora yn chwilfrydig.

"Wel ..." meddai Aled, "mae'r popty ping wedi cael ei ddyfeisio."

Chwarddodd pawb ar yr enw.

"Does neb yn gwisgo peisiau a dillad fel rydych chi'n eu gwisgo," meddai Rhian. "Mae merched yn gwisgo dillad synhwyrol fel jîns ac esgidiau rhedeg. A ni'n cael pleidleisio."

Edrychai Dora'n amheus. "Wel," meddai, "beth sy'n mynd i ddigwydd nesa yn hanes? Oes pobl o'r blaned Mawrth yn mynd i lanio neu rywbeth?"

Oedodd Aled. 1912. Gwyddai e a Rhian beth oedd yn dod yn ystod y blynyddoedd nesaf. Doedd Aled ddim yn credu ei fod yn syniad da i ddweud wrth bobl am y pethau ofnadwy yn eu dyfodol agos, ond doedd dim ots gan Rhian.

"Y Rhyfel Byd Cyntaf sydd nesa," meddai hi. "Mae'n rhyfel mawr, yn erbyn yr Almaenwyr a —" Oedodd. Roedd pawb yn ei alw'n Rhyfel *Byd* Cyntaf ond yn yr ysgol roedd pobl yn siarad gan mwyaf am yr Almaen a Lloegr. "A'r Ffrancwyr," meddai'n ofalus. "A'r Americanwyr. Dw i'n meddwl. A llawer

o bobl eraill hefyd," ychwanegodd yn gyflym. "A bydd pawb yn mynd allan i'r ffosydd i ymladd a bydd eu traed yn syrthio i ffwrdd oherwydd y mwd yn eu pydru nhw a bydd llygod mawr a thanciau a phethau. A cheffylau rhyfel."

"Rhian!" meddai Aled. "Elli di ddim dweud wrth bobl bod rhywbeth fel yna'n mynd i ddigwydd iddyn nhw!"

Ond doedd Dora ddim i'w gweld wedi ei hysgwyd o gwbl. "*Tanciau?*" meddai. "Tanciau o beth?"

"Ym ..." meddai Aled, ond nid arhosodd Dora am ateb.

"Dyw pobl ddim yn ymladd rhyfeloedd mewn ffosydd," meddai yn ei llais nawddoglyd. "Oni bai

am ffos mewn castell efallai. Maen nhw'n ymladd ar feysydd y gad."

"Ddim yn y rhyfel hwn," meddai Aled. " Maen nhw'n byw yn y ffosydd ac maen nhw'n dringo dros yr ochr a chael eu saethu."

"Wel, dyna dwp," meddai Dora. "Dylen nhw fod wedi cael un frwydr fawr a phwy bynnag sydd ar ôl ddylai ennill. Pam nag y'n nhw'n gwneud hynny?"

Edrychodd Rhian ac Aled ar ei gilydd. Roedd y ddau wedi astudio'r Rhyfel Byd Cyntaf yn yr ysgol. Ond doedd neb wedi deall pam na wnaeth y milwyr gael un frwydr fawr er mwyn gweld pwy fyddai'n ennill.

"*A ta beth*," meddai Dora'n fuddugoliaethus,

"allwch chi ddim cadw ceffylau mewn ffosydd. Chi'n cadw ceffylau mewn caeau. Chi siŵr o fod wedi drysu," meddai eto'n garedig. "*Mae* hanes yn ddryslyd iawn weithiau. Yr holl frenhinoedd ac ymerawdwyr Rhufeinig a phethau."

"Fi?" meddai Rhian yn ddiamynedd. "*Wedi drysu?*"

Ond cododd Aled ei law.

"Ca dy geg!" meddai. Edrychodd Rhian yn ddig arno.

"Dw i ddim yn gweld pam ddylen *i*—" dechreuodd ddweud.

"Mae rhywun tu allan!" torrodd Aled ar ei thraws. "Allwch chi ddim eu clywed nhw? Gwrandawon

nhw mor astud ag y gallen nhw. Roedd Aled yn *siŵr* y gallai glywed rhywun. Sŵn traed yn dod i lawr y llwybr. Lleisiau.

"Help!" gwaeddodd. Gwaeddodd y lleill hefyd. "Help! Ni mewn fan hyn! Help!"

Daeth sŵn y traed yn agosach at y coetsiws. "Helô! Chi blant sydd yna?"

Llamodd calonnau pob un ohonyn nhw ar yr un pryd. Roedd pawb yn adnabod y llais yna.

"Ie!" meddai Dora. "Ni sydd yma, Arthur! Wnaeth y diawled yna ein cloi ni mewn!"

"Arhoswch eiliad." Roedd Arthur yn swnio'n hapus. "Reit – wel, mae'r clo yma yn ofnadwy o stiff. A!" Agorodd y drws. Daeth golau mewn i'r coetsiws.

Yna, o'u blaenau roedd Arthur a Mari, gyda Henri'n llawn cyffro.

"Diolch byth!" meddai Henri.

"Argyfwng arall!" meddai Mari yn hapus. "Chi'n codi hiraeth arna i am Beriw. Dyw nadroedd gwenwynig yn ddim o'i gymharu â hyn!"

PENNOD SAITH

Antur ar ras

"Daethon ni mor gyflym ag y gallen ni," eglurodd Henri. "Mae gan Wncl Arthur gar pwerus iawn – mae'n mynd yn hynod o gyflym!"

"Lladron caredig oedd y rheina," meddai Arthur. "Yn gadael yr allwedd yn y clo fel 'na. Dw i ddim yn meddwl ein bod ni'n delio gyda throseddwyr profiadol iawn, wyt ti, cariad?"

Roedden nhw'n cerdded drwy'r gwair at yr hewl. Roedd Rhian a Dora wedi egluro popeth am y cwpan a'r dynion a'r ffordd wnaethon nhw ddianc. Roedd Arthur a Mari i weld yn llai syn am hyn nag yr oedd Aled wedi ei ddisgwyl.

"Sut oedden nhw'n edrych?" gofynnodd Arthur. "Allwch chi gofio?"

"Ym ..." meddyliodd Rhian yn galed. "Gwallt brown? Eitha ifanc?"

"Roedd dau ohonyn nhw," meddai Aled. "Roedd un yn eitha uchel-ael—"

"Uchel-ael?"

"Roedd e'n siarad fel chi. Chi'n gwybod – yn eitha crand. Roedd y llall yn edrych fel bwtler."

"Nid *bwtler* oedd e" cywirodd Dora hi. "*Valet* oedd e." Edrychodd Rhian ac Aled arni mewn dryswch. "Chi'n gwybod. Fel morwyn ond ar gyfer dynion. Maen nhw'n smwddio'ch siwtiau chi ac yn glanhau'ch esgidiau chi a gwneud eich gwaith tŷ. Roedd un gan Dad cyn i ni symud yma."

"Ta beth," meddai Aled, "enw'r gwas yma oedd

119

Giles. Ac roedd gan yr un uchel-ael siwt lwyd a het wellt, a char gwyrdd gydag un o'r toeau yna sy'n mynd lawr pan mae'n braf. Ac nid gwallt brown oedd ganddo fe, ond gwallt coch. Roedd e tua eich oed chi. Roedd Giles yn hŷn."

"O," meddai Arthur. "Dw i'n meddwl y dylech chi i gyd ddod gyda fi."

Roedden nhw wedi dod allan o'r ardd ac ar yr heol, ble roedd car hen ffasiwn arall wedi parcio. Roedd hwn yn smartiach na'r un gwyrdd. Roedd e'n fwy ac yn is ac yn fwy sgleiniog.

"Dyna gar Wncl Arthur," meddai Henri.

"Mae'n mynd mor gyflym. Fentra i ei fod e'n mynd yn gyflymach na char y lladron yna."

120

"Ond," meddai Rhian, "sut allwch chi eu dilyn nhw? Chi ddim yn gwybod i ba gyfeiriad aethon nhw!"

Edrychodd Mari arni mewn syndod. "Wnawn ni ofyn," meddai. "Bydd pobl wedi sylwi ar gar. Maen nhw'n bethau prin iawn ac yn gwneud sŵn ofnadwy."

"A," meddai Arthur, "dw i'n meddwl fy mod i'n gwybod ble roedden nhw'n mynd." Wrth iddo siarad, roedd yn rhoi dillad eithaf diddorol yr olwg amdano: menig lledr, côt frown hir, denau, a phâr o sbectol oedd yn gwneud iddo edrych fel broga. "Neidia i mewn, cariad. Dora, roedd dy fam yn gofyn beth o'n i wedi ei wneud gyda ti. Alli di a Henri fynd 'nôl a

dweud wrthi nad ydw i wedi eich gwerthu chi fel caethweision?"

Cododd Arthur foned y car a dechrau potsian gyda'r injan. Doedd Aled ddim yn gallu gweld beth yn union roedd e'n ei wneud, ond edrychai'n fwy cymhleth o lawer na thanio'r car gydag allwedd. "Ac ar y ffordd," meddai, "allech chi alw yn swyddfa'r heddlu a dweud wrth yr Arolygydd fy mod i'n meddwl fy mod i'n gwybod pwy wnaeth ddwyn cwpan Isca a'n bod ar eu holau, a bod croeso iddo ddilyn? Dwed wrtho ein bod yn mynd ar ffordd Llundain. Chi'ch dau" – trodd at Aled a Rhian – "dwi dal ddim yn siŵr pwy ydych chi, ond os nad ydych chi'n gorfod camu trwy ddrych yn ystod yr hanner awr nesa, allech chi

ddod efo ni a dangos y dynion hyn i ni, os welwn ni nhw?"

"Chi mor lwcus! Chi'n gorfod mynd yn gyflym iawn pan ydych chi'n rhedeg ar ôl lleidr, on'd ydych chi, Wncl Arthur?"

"Yn wir," meddai Arthur. "Gallech chi, blant, helpu hen foi i ddal lleidr drwy neidio mewn i'r car, os gwelwch yn dda."

Taflodd rywbeth i ddwylo Aled. Pâr o'r gogls broga. Edrychodd Aled a Rhian ar ei gilydd a dringo i'r sedd gefn. Yn y cyfamser, roedd Arthur wedi rhoi dolen ym mlaen y car ac yn ei throi'n gyflym.

Poerodd a chrynodd y car cyn tanio gyda sŵn hyfryd, *cy-cy-cy-cy-rrrrhhhwwwwm*.

Doedd Aled ddim wedi bod mewn car hen ffasiwn
o'r blaen. Doedd e ddim hyd yn oed wedi bod mewn
car heb do o'r blaen. Roedd e'n wahanol iawn i yrru
yn y byd modern. I ddechrau, doedd dim gwregysau,
ddim hyd yn oed i Mari ac Arthur. Hefyd, er nad
oedden nhw'n mynd mor gyflym â hynny, roedd
yn *teimlo'n* gyflymach achos bod y gwynt yn eich
gwallt, ac wrth gwrs, roeddech yn cael eich taflu ar
hyd cefn y car bob tro roedd Arthur yn troi cornel
ychydig bach yn rhy gyflym – ac fe wnaeth hynny
sawl gwaith. *Sgwn i a yw profion gyrru wedi cael
eu dyfeisio eto?* meddyliodd Aled. O weld sut roedd
Arthur yn gyrru, roedd hynny'n annhebygol iawn.

Hefyd, doedd yr heolydd ddim yn debyg i rai modern. Yn amlwg, doedd tarmac ddim wedi cael ei ddyfeisio eto – taflodd y car gwmwl enfawr o lwch a wnaeth i Aled ddiolch am y sbectol. Doedd neb chwaith wedi sylweddoli y byddai'n syniad da dyfeisio heolydd oedd yn wastad a heb dyllau. Neidiodd ac ysgydwodd y car dros bob twll. Roedd golwg welw iawn ar Rhian, ond doedd dim arwydd bod Arthur am arafu.

Daliai Mari yn dynn yn ei het ag un llaw a dywedodd, "Arthur! Cariad!"

"Beth?" atebodd Arthur, gan droi'r gornel mor gyflym nes bod rhaid i Aled blygu ei ben rhag iddo gael ei daro gan frigyn. Hedfanodd het wellt cefnder Henri oddi ar ei ben a glanio yn y gwair ar ochr yr heol. Tynnodd Rhian het Dora oddi ar ei phen ac eistedd arni. "Ydw i'n mynd yn rhy gyflym?"

"Dw i'n mwynhau'n fawr!" meddai Mari. Tynnodd Arthur ei lygaid oddi ar y ffordd yn ddigon hir i'w chusanu. Caeodd Aled ei lygaid yn dynn a dal yn y sedd gyda'i ddwy law. Ebychodd Rhian.

"Chi'ch dau'n *wallgo*!" gwaeddodd.

Heb sôn am y diffyg tarmac (a phethau eraill

sydd eu hangen ar ffyrdd, fel marciau ac arwyddion cyflymdra), roedd y tir roedden nhw'n gyrru drwyddo yn wahanol mewn sawl ffordd. Yn lle caeau taclus o datws neu gnydau eraill, roedd y caeau'n llawn gwenith blêr o bob maint. Yng nghanol y gwenith roedd blodau: pabi a llygaid y dydd tal, a blodau eraill nad oedd Aled yn eu hadnabod. Roedd mwy o adar hefyd. A llawer mwy o bryfed – gwenyn a gloÿnnod byw yn y cloddiau, ac roedd llwyth o glêr wedi marw ar ffenest flaen y car.

Ac eto, roedd rhywbeth cyfarwydd iawn am yr ardal. Roedd pobl yn edrych fel pobl. Roedd coed yn edrych fel coed. Roedd gwair yn edrych fel gwair.

"Pwy wyt ti'n credu yw'r lleidr yma 'te?"

gofynnodd Mari. "Oes gen ti griw o elynion anghofiaist ti ddweud wrtha i amdanyn nhw, yn ogystal â'r holl berthnasau yna?"

"Na," atebodd Arthur. Bownsiodd y car mewn i dwll ac allan eto gan wneud i'r holl gerbyd grynu (ac Aled a Rhian hefyd) a'u codi – roedd Aled yn siŵr – sawl centimetr i'r awyr ac i lawr eto. "Dim ond rhyw foi dw i'n nabod sydd wastad yn fyrbwyll. Sy'n amlwg wrth gwrs. Mae'n *rhaid* bod yr un sy'n gyfrifol yn rhywun oedd yn gwybod ein bod ni'n berchen ar y stablau yna. *Ac* yn gwybod ble roedden ni wedi rhoi'r bocsys yna, a bod y cwpan gen i."

"Gallai fod wedi gofyn i'r bachgen?" awgrymodd Mari.

"Gallai," meddai Arthur. "Ond doedd y bachgen ddim yn gwybod beth oedd yn y bocsys. Doeddet *ti* ddim hyd yn oed yn gwybod tan i mi ddweud wrthat ti."

"Na, ti'n iawn," meddai Mari. Pendronodd am eiliad. "Pwy *oedd* yn gwybod?"

"Wel," meddai Arthur. "Mae'n dibynnu wrth bwy wnaeth Charlie Higgins ddweud. Ond yn ôl y disgrifiad yna ..."

Gwyrodd yn gyflym er mwyn osgoi ffermwr, oedd wedi ymddangos yn sydyn ar ochr y ffordd. Neidiodd y ffermwr i'r clawdd gan edrych yn syn. Chwifiodd Arthur arno'n hwyliog a chanu ei gorn.

"Arthur," meddai Mari'n ddireidus. "Dw i'n meddwl dy fod ti'n mwynhau."

"Cariad," meddai Arthur, "dw i'n meddwl dy fod ti hefyd. Wnes i grybwyll yn ddiweddar faint dw i'n dy garu di?"

"Mwlsyn," meddai Mari. Gorweddodd yn ôl yn ei sedd, gan edrych yn hapus.

"Er mwyn Duw, gwyliau'r fuwch yna!"

Penderfynodd Aled nad oedd wedi teimlo fel hyn ers bod ar un o'r reids yn ffair Porthcawl. Caeodd ei lygaid yn dynn a dal yn sownd i'r sedd a meddwl yn galed am faths. Yn sydyn, gwaeddodd Rhian, "Stop! Dyna'u car nhw!"

Roedd hi'n iawn. Roedd y car wedi ei barcio tu allan i dafarn gwledig o'r enw'r Llew Gwyn. Yng

nghyfnod Aled, roedd gan dafarnau feysydd parcio. Yn 1912, roedd hi'n amlwg mai stablau oedd ganddyn nhw, gyda buarth tu allan i'r stablau. Daeth Arthur â'r car i stop lawer yn fwy dramatig nag oedd ei angen, troi'r car yn sydyn i mewn i fuarth y stabl, gan osgoi bwrw bachgen mewn cap o drwch blewyn. Syllodd hwnnw arno mewn rhyfeddod.

"Rydych chi," meddai Rhian yn grac, "yn yrrwr *ofnadwy*."

Cododd Arthur ei het a llithro allan o'r car. "Dewch!" gwaeddodd a rhedeg at y dafarn. Dilynodd Mari a'r plant.

Roedd tu fewn i'r dafarn wedi ei rannu'n ystafelloedd bach iawn, gyda brasys ceffylau yn

hongian o'r waliau. Roedd y byrddau'n bren plaen a doedd dim bwydlenni na phwmpiau'n gweini Coke a Fanta, a doedd dim pwmpiau cwrw gydag enwau gwahanol arnyn nhw. Roedd y dafarn hefyd yn drewi'n gryf o fwg sigarét. A – sylweddolodd Aled, wrth edrych o'i gwmpas – heblaw am y fenyw ifanc yn gweini tu ôl y bar, doedd dim menywod yno o gwbl. Oedd hawl gan fenywod fynd i dafarn?

Llamodd Arthur o'u blaenau, gyda'r lleill y tu ôl iddo.

Aled welodd nhw gyntaf. "Dyna nhw!" bloeddiodd. Roedd e'n llygad ei le. Roedd y dyn iau a'r dyn hŷn yng nghornel y dafarn, yn bwyta'r hyn oedd yn edrych fel bara a chaws. (Roedd rhieni Aled a Rhian

yn hoffi'r math o wyliau oedd yn cynnwys dringo mynyddoedd yng nghanol unlle, felly roedd y plant wedi bwyta mewn llawer o dafarndai, a doedden nhw ddim yn credu taw caws a bara oedd y math o fwyd y dylai tafarndai eu gweini. Yn yr unfed ganrif ar hugain, bydden nhw wedi bod yn bwyta sgampi a sglodion.) Neidiodd y ddau ddyn, ac meddai'r un iau (oedd wedi tynnu ei het wellt ac roedd ei wallt yn edrych yn fwy coch fyth hebddi), "Mawredd!"

Ond meddai Arthur, "Ti!"

PENNOD WYTH

Torri calon

Gwridodd y dyn â'r gwallt coch ac agor a chau ei geg heb ddweud yr un gair.

"Charlie!" meddai Arthur. "Beth yn y byd wyt ti'n meddwl wyt ti'n ei wneud yn cloi fy mherthnasau mewn coetsiws? Os wyt ti'n mynd i wneud y fath beth, allet ti o leia ddewis Anti Neli, neu'r brawd hunanbwysig yna sydd gen i, yn hytrach na rhai o'r perthnasau mwya ffeind?"

"Charlie?" sibrydodd Rhian wrth Aled.

"Fe oedd y person brynodd Arthur gwpan Isca oddi wrtho," sibrydodd Aled yn ôl. "Cofio?"

Roedd wedi bod yn dyfalu'r holl ffordd yma ai hwn oedd y person yr oedd Arthur yn ei olygu pan oedd yn sôn am ei ffrind oedd yn fyrbwyll. Pwy

arall fyddai'n gwybod bod gan Arthur y cwpan?

"Arthur!" meddai Charlie. Cododd gan wthio'r gadair drosodd yn ei frys a rhwbiodd ei ddwylo yn ei drowsus yn nerfus. "Jyst jôc, 'rhen foi, dyna i gyd. 'Sdim niwed wedi ei wneud."

"Wel, fydden i ddim yn cytuno â hynny," meddai Arthur. "Ddim pan fod stablau fy mrawd wedi llosgi'n ulw ac mae'n ymddangos bod fy nghrair gwerthfawr wedi ei ddwyn. Dw i eisiau'r gwir, Charlie. Beth sy'n mynd ymlaen?"

O leiaf roedd gan Charlie'r gwyleidd-dra i edrych yn anghysurus.

"Drycha'r hen foi," meddai. "Sori, ond nid fi bia'r cwpan, ti'n gweld. Fy nhad bia fe, ac, wel ... o'n i'n

meddwl byddai wythnosau cyn iddo ddod adre a sylwi ei fod wedi mynd ac y bydden i yn India erbyn hynny. Ond fel mae'n digwydd, mae e'n dod 'nôl ddydd Mawrth a bydd pethau'n lletchwith ofnadwy. A dw i *angen* yr arian yna. O'n i wastad yn ffŵl gydag arian, ac mae pob math o bobl gen i sydd angen eu talu 'nôl yn gyflym."

"Allet ti fod wedi cael swydd," meddai Rhian.

Gwenodd Mari.

Sibrydodd Aled yng nghlust Rhian, "Dw i ddim yn credu bod pobl gyfoethog yn cael swyddi yn yr hen ddyddiau. Ddim y math o bobl sydd â gweision. Mewn llyfrau maen nhw wastad yn byw ar arian eu teuluoedd."

"Chi'n gweld," meddai Charlie. "Do'n i ddim yn bwriadu brifo neb – wir, o'n i ddim. Beth os wna i dalu ti 'nôl ac anghofio am y cyfan? Dw i'n siŵr alli di feddwl am ffordd o daflu'r heddlu oddi ar y trywydd."

Roedd mor druenus ei olwg nes bod Aled yn siŵr y byddai Arthur yn ildio. Ac meddai Arthur braidd yn edifar, "Wel, edrycha ..."

"Nawr 'te, arhoswch funud!" meddai Mari ar ei draws. "Falle bod yr wyneb bach truenus yna'n gweithio gydag Arthur, ond wnaiff e ddim gweithio gyda fi! Brynodd e'r cwpan oddi wrthot ti a dyna oedd y ddêl. Os yw hynny'n dy roi di mewn lle cas gyda dy dad, wel, dy broblem di yw hynny!"

Edrychai Charlie'n bryderus. Edrychodd ar Arthur, a gododd ei ddwy law fel pe bai'n dweud, "Dyw hyn yn ddim byd i'w wneud gyda fi, mêt!"

Ond roedd Mari'n benderfynol. "Rwyt ti," ychwanegodd, yn amlwg yn mwynhau ei hun, "yn ddiawl! Pe bydden i'n cael penderfynu, fydden i'n trefnu dy fod ti'n cael dy arestio! Cwpwl o flynyddoedd mewn cell oer ac fe wnei di newid dy gân yn ddigon cyflym!"

Roedd Charlie bellach yn edrych yn ofnus iawn. Ond roedd Giles, oedd wedi bod yn sefyll wrth ochr Charlie drwy'r adeg, yn edrych yn slei a chynllwyngar. Edrychodd tuag at y drws. Gafaelodd Rhian ym mraich Aled.

"Aros," meddai wrtho'n dawel, gan adael.

"Edrychwch," meddai Charlie, "wnes i ddim – fyddech chi ddim ..."

"Na fydden i wir? Ni wedi ffonio'r heddlu, chi'n gwybod. Maen nhw ar eu ffordd, ac os na wnei di roi'r cwpan i ni nawr, fe wnawn ni eich cyflwyno *chi'ch dau* i'r heddlu ar blât!"

Cododd Giles o'r bwrdd gyda golwg fileinig ar ei wyneb, fel petai am redeg o'r dafarn yn sydyn.

Taflodd Arthur olwg ddirmygus ato. "Mewn tŷ tafarn?" meddai. "O flaen yr holl dystion yma? Wir? Dw i ddim yn meddwl rywsut, wyt ti?"

Edrychodd Giles a Charlie ar ei gilydd yn gyflym.

"Iawn," meddai Charlie ar ôl oedi. "Wna i nôl y cwpan o'r car nawr, os y'ch chi'n mynnu."

"Allwn i feddwl 'nny hefyd!" meddai Mari. Trodd at Arthur yn fuddugoliaethus.

Tynnodd Arthur ei het yn ddramatig. "Mi wyt ti," meddai, "yn arwres o fenyw. Duwies!"

"A phaid ti ag anghofio hynny," meddai Mari.

Aethon nhw i gyd 'nôl i fuarth y stabl. Roedd Rhian yn sefyll wrth ochr yr heol, yn sgwrsio gyda bachgen bach ar geffyl. Trodd wrth iddyn nhw ddod allan, yn amlwg yn chwilfrydig, ond ni ddaeth hi draw. Pwysodd Giles draw at Charlie a sibrwd rhywbeth, ac amneidiodd Charlie. Byddai Aled wedi hoffi

rhybuddio Arthur fod cynllwyn ar droed, ond roedd Arthur eisoes yn llamu ymlaen at y car a doedd e ddim yn siŵr beth fyddai wedi ei ddweud, ta beth. Roedd Aled yn fwy amheus, fodd bynnag, wrth i Giles oedi wrth basio car Arthur, cyn mynd at gar Charlie.

"Iawn?" gofynnodd Arthur, gan droi ato.

"Perffaith iawn, syr," atebodd y *valet* yn gwrtais. Cyrhaeddon nhw gar bach gwyrdd Charlie. Agorodd Charlie ddrws yr ochr, dringo mewn a thwrio o dan y sedd.

"Os nad oes ots gyda chi," meddai Giles, "well i fi danio'r car. Mae'r injan yn annibynadwy, chi'n gweld."

"Ydy hi?" gofynnodd Arthur. "Roedd fy un i'n rhyfedd ar y dechrau ond chi'n gwybod beth wnes i? Wnes i —"

Agorodd Giles foned y car a dechrau gwneud rhywbeth gyda chan o hylif oedd yn edrych fel petrol i Aled, wrth iddo ef ac Arthur ddechrau sgwrs hir a chymhleth am injans a phetrol a boreau oer y gaeaf.

Syllodd Aled yn ofidus ar Mari wrth iddi ddweud "Cariad, wyt ti'n siŵr am hyn ...?"

Ond doedd Arthur ddim fel petai'n clywed. Ochneidiodd Mari a dweud, "Dere 'mlaen, Charlie'r hen foi. Ble mae'r cwpan hyn 'te?"

"Mae e fan hyn yn rhywle, dw i'n gwybod ..."

meddai Charlie wrth iddo barhau i dwrio dan y sedd. Poerodd yr injan a thanio'n sydyn.

Gwenodd Arthur, "O, da iawn!" wrth i Giles dynnu'r ddolen a chau'r bonet.

"Nawr, edrychwch," meddai Mari'n flin, "dw i ddim yn gwybod beth yw'ch gêm chi ond—"

"Well i ti adael i fi edrych amdano," meddai Giles wrth Charlie. Dringodd i mewn i'r car at ei gyfaill. Yna, mewn chwinciad chwannen, gosododd y car mewn gêr, troi'r car nes bron â tharo Arthur – a gyrru i ffwrdd mewn cwmwl o lwch, gan eu gadael nhw i gyd yn syllu ar eu holau.

"Hei!" gwaeddodd Aled.

"Y cythraul!" sgrechiodd Mari.

"Ar ei ôl e!" gwaeddodd Rhian. "Stopiwch!"

Ond roedd Mari ac Arthur yn rhedeg 'nôl i'r car.

"Mae e wedi gwneud rhywbeth i'ch car!" gwaeddodd Aled. "Giles y *valet* – dw i'n gwybod ei fod e!"

Roedd Arthur eisoes yn teimlo'r teiar ôl. "Twll!" meddai. "Y mwlsyn! Y ffwlbart! Baw isa'r domen! Oes car arall yma?" Edrychodd o'i gwmpas fel pe bai'n gobeithio y byddai cerbyd arall wrth law er mwyn gallu rasio ar eu holau nhw, ond wrth gwrs doedd dim un.

"Nefoedd yr adar!" gwaeddodd. "Gwae fe am byth! Ac erbyn i ni gyrraedd ei dŷ e bydd y cwpan yn ôl yn ei le, wrth gwrs, a dim ond ei air e yn erbyn fy ngair i! Beth yn y byd wna i nawr?"

146

"Oes rhywbeth yn bod?" meddai Rhian wrth gerdded atyn nhw. Roedd hi'n edrych yn falch.

"Mae e wedi mynd â 'nghwpan i!" udodd Arthur. "Fy nghwpan hyfryd i!"

"Eich cwpan chi?" meddai Rhian.

"Ie! Fy nghwpan hardd, hardd!"

"O," meddai Rhian. Agorodd ei bag a thynnu bwndel mawr wedi ei lapio mewn melfed gwyrdd. "Hwn chi'n ei feddwl?"

Eisteddodd y pedwar ohonyn nhw mewn rhes ar ben y giât, yn yfed lemonêd (Mari a'r plant) a chwrw (Arthur) ac yn aros am yr heddlu.

"Dw i ddim yn meddwl cawn ni ragor o drwbl

gan Charlie," meddai Arthur, gan chwifio ei bib yn rhadlon. "Doedd byth llawer o hyder ganddo fe, druan. Ond ..." crafodd ei glust yn feddylgar, "falle wna i gysylltu â'i dad e, er mwyn iddo fe ddeall y sefyllfa. Dyn arbennig, Mr Higgins. Mae hi siŵr o fod yn gwrtais i rybuddio'r hen foi, cyn i'w grair e ddechrau mynd ar daith drwy'r wlad. Ac wrth gwrs, os yw e eisiau'r cwpan 'nôl, bydd rhaid i ni ddod i drefniant. Fe yw'r perchennog, wedi'r cwbl. Ond dw i'n siŵr y bydd e'n hapus bod ei fab wedi dod o hyd i ffordd o dalu ei ddyledion fel gŵr bonheddig." Cymerodd lwnc o'i gwrw.

"Ond beth wyt ti'n mynd i ddweud wrth yr heddlu 'te?" gofynnodd Mari.

"O, dw i'n meddwl y gwnawn ni ddweud y gwir wrthyn nhw. Man a man i ni eu cael nhw ar ein hochr ni. Wna i ddim dwyn achos yn eu herbyn nhw. Ac os yw Charlie'n hanner call, wnaiff e ddim gwneud unrhyw beth sy'n golygu y bydd rhaid i fi newid fy meddwl."

"Dydyn ni ddim wedi gweld y cwpan ei hun eto," mynnodd Aled. "Wel – dw i ddim, ta beth. Dw i'n siŵr y gwnaeth Rhian pan wnaeth hi ei achub."

"Ddim yn iawn," meddai Rhian. "Wnes i fwrw golwg i mewn yn y bag i wneud yn siŵr ei fod yna. Do'n i ddim eisiau i chi i gyd ddod allan a 'ngweld i gyda fe. Allwn ni weld e? Gan taw ni wnaeth ddatrys y dirgelwch a phopeth?"

"Dw i ddim yn gweld pam lai," meddai Arthur. "Pasia fe draw, Mari."

Roedd y cwpan ym mag Mari. Yn ofalus, fel pe bai ofn torri rhywbeth, tynnodd hi'r pecyn allan ac agor y melfed gwyrdd.

Y tu mewn roedd cwpan Isca.

Rhyfeddodd y criw at yr hyn a ddaliai Mari – ffiol fach gywrain, tua maint ei llaw, wedi ei gwneud o aur a gemau. Roedd ysgrifen gymhleth, a rhuddemau a saffirau ac emeraldiau, ar ei hochrau. Sgleiniai'r cerrig drudfawr a'r aur yn haul y prynhawn.

"Aur Rhufeinig," ebychodd Arthur.

"Mae'n hardd iawn," meddai Rhian, nad oedd fel arfer yn hoffi pethau fel yna o gwbl.

"Mae e dros fil o flynyddoedd oed," meddai Mari. "Cafodd ei wneud ar gyfer tywysoges Rufeinig yn anrheg briodas ganrifoedd yn ôl."

Edrychodd ar Arthur ac yn sydyn teimlai Arthur gywilydd. Roedden nhw'n gafael yn rhywbeth fu'n eiddo personol a chysegredig.

"Mae'n wych ein bod yn dod ag e adre heddiw 'te," meddai Arthur, ac am unwaith doedd dim sŵn chwerthin yn ei lais. Rhoddodd ei bib ar lawr a gafael yn llaw Mari. Cododd hi ei hwyneb tuag ato a syllu, ac yna, am ddim rheswm amlwg, cochodd a throdd i ffwrdd. Gwenodd Arthur a'i chusanu.

Yn fuan wedyn, cyrhaeddodd yr heddlu ar eu beiciau ac roedd angen i Arthur a'r criw egluro'r cwbl. Roedd yr heddlu yn rhannu teimladau Arthur.

"Does dim angen creu mwy o drwbl nag sydd angen," meddai'r arolygydd. Ysgydwodd ei ben. "Er, dw i ddim yn gwybod beth ddywedith dy frawd am y stablau yna."

Roedd Tŷ Perllan, pan gyrhaeddon nhw 'nôl o'r diwedd, yn llawn gwesteion priodas, yn swnllyd, hapus a llwglyd. Roedd pawb wrth eu boddau â stori'r cwpan ac roedd teimlad cyffredinol bod dal lladron yn rhywbeth arwrol a gwych. Roedd Aled a Rhian yn synnu. Roedden nhw'n siŵr y byddai eu rhieni nhw wedi cael mwy o sioc o lawer. (Roedd y brawd hynaf, Wncl Edmwnd, yn edrych yn fel pe na bai'n cymeradwyo'r peth o gwbl ac aeth i siarad am gyfraddau llog gyda'r ficer yn y gornel.)

Roedd llawer iawn o waith egluro i'w wneud. Cafodd Aled a Rhian eu cyflwyno'n swyddogol i rieni Dora a Henri, yr oedd rhaid cyfeirio atyn nhw fel Mr a Mrs Tomos, fel pe baen nhw'n

athrawon. Roedd tad Dora'n hanesydd. Roedd
Aled yn eithaf siŵr bod haneswyr yr unfed ganrif ar
hugain yn dysgu mewn prifysgolion neu ysgolion
neu rywbeth, ond aros adre a wnâi tad Dora, yn
edrych ar ôl y tŷ ac yn ysgrifennu traethodau am
frenhinoedd a breninesau hynafol. Roedd yn llawn
cyffro am gwpan Isca, ac fe ddechreuodd e ac
Arthur drafodaeth hirfaith a chymhleth am Hywel
Dda, Rhodri Molwynog, Caradog, a phob math
o bobl – gan gynnwys rhai nad oedd Aled wedi
clywed amdanyn nhw erioed.

Roedd hyn yn rhyfeddol o gyffrous i Aled. Roedd
gan yr holl oedolion yr oedd e'n eu hadnabod swyddi
synhwyrol a diflas fel athrawon neu blymwyr neu

weithwyr swyddfa. Ond roedd y bobl yma yn 1912 yn teithio o gwmpas y byd yn darganfod creiriau, ac yn hel syniadau a gwybodaeth am bob math o bethau – roedden nhw'n fath hollol wahanol o bobl. Gwyliodd y brodyr yn siarad a rhyfeddu. Fyddai pobl yn gallu byw bywyd fel hyn yn yr unfed ganrif ar hugain? Roedd e'n perthyn iddyn nhw. Os gallen nhw wneud hyn, falle gallai e. Roedd Aled yn dal i feddwl am hyn pan welodd fod Rhian wrth ei ochr.

"Dere *'mlaen*," meddai hi. "Y drych. Tra'u bod nhw yn siarad, awn ni adre."

Aethon nhw allan o'r ystafell fyw yn dawel ac i mewn i'r cyntedd. Roedd y drych yn dangos cyntedd

1912. Suddodd calon Aled. Aeth Rhian yn syth at y drych.

"Dere," meddai. "Ni wedi cael yr hen gwpan yna yn ôl. Dy dro di nawr. Cer â ni adre."

"Rhian—" meddai Aled.

"Bydd yn dawel!" Gwasgodd ei bys yn erbyn y gwydr. "Allwn ni ddim aros fan hyn am byth!" meddai'n grac. "Mae pobl yn aros amdanon ni! Rhieni! Bywydau! Cer â ni 'nôl – nawr!" Ond wnaeth y drych ddim newid. Edrychai'n union yr un fath, yn dangos cyntedd 1912: y bwrdd, y planhigyn gwyrdd a'r drws.

Roedd Rhian wedi ei hysgwyd. "Ble ydyn ni'n mynd i gysgu?" meddai wrth Dora ac Aled. "Ble ydyn ni'n mynd i *fyw*? Allwn ni ddim aros fan hyn am byth!"

"Allwch chi aros yma heno," meddai Dora. "Peidiwch â phoeni. Bydd pawb yn credu eich bod chi'n perthyn o bell, neu eich bod yn perthyn i ffrind i Miss Flynn, neu rywbeth. Ar ôl y briodas ...Wnawn ni weithio rhywbeth allan. Dw i'n addo."

Roedd Aled yn eithaf siŵr y byddai ei rieni fe wedi sylwi petai dau ddieithryn wedi cyrraedd y tŷ, hyd yn oed yng nghanol gymaint o bobl â hyn. Ond roedd Dora'n iawn. Roedd pob un o'r ystafelloedd gwely yn llawn, ond roedd Dora a Henri a nifer o'r plant eraill yn mynd i fod yn cysgu ar fatresi llawn

gwellt yn yr ystafell fyw, a doedd neb fel tasen nhw'n poeni bod Aled a Rhian yn mynd i fod yn cysgu yna hefyd.

Ddywedodd Rhian ddim gair. Roedd Aled yn gwybod y dylai fod yn poeni hefyd, ond rywsut roedd yn teimlo'n siŵr na fyddai'r drych – ei ddrych *e* – yn eu gadael nhw yn 1912. A chyn hir, daeth sŵn Henri'n taro'r gong ac yn eu galw nhw i gael swper prysur, bywiog a braidd yn wallgof yn yr ystafell fwyta, lle roedd pob math o fwydydd rhyfedd – teisen reis, siwet, tafod buwch oedd wedi ei ffrio a'i dorri'n dafellau, a dŵr soda a oedd yn dod mewn seiffon. Wedi'r bwyd, gwelodd un o ffrindiau Mari'r piano a dechrau chwarae miwsig

bywiog er mwyn i bawb ddawnsio. Daeth tad Dora o hyd i acordion ac ymuno yn yr hwyl, ac yn sydyn roedd pawb yn canu.

"Ti'n mwynhau," sylwodd Rhian, yn union fel yr oedd Mari wedi ei ddweud wrth Arthur. A sylweddolodd Aled ei bod hi'n iawn. Roedd Aled wrth ei fodd.

PENNOD NAW

Ysbrydion
yn y drych

Drannoeth oedd diwrnod y briodas. Roedd y briodas yn cael ei chynnal yn eglwys y pentref, oedd yn fach ac yn oer gydag wyneb y diafol wedi ei baentio ar ben pob ystyllen, a seddau pren tywyll gyda chlustogau traed wedi eu brodio yn hongian oddi ar eu cefnau. Roedd Aled a Rhian wedi bod i briodas deuluol arall yn union yr un eglwys – ac roedd y briodferch siŵr o fod yn ddisgynnydd un o'r bobl oedd yma. (Doedden nhw'n dal ddim wedi penderfynu pa un o'r tri brawd oedd eu hen, hen, hen dad-cu, ond un ohonyn nhw oedd e, heb amheuaeth.) Roedd y teimlad o gyffro wrth aros yn yr eglwys yr un peth, unwaith iddyn nhw ddod i arfer â'r ffaith bod y dillad yn wahanol. Gwisgai

Rhian ffrog parti wen oedd yn eiddo i Dora, oedd yn gwneud iddi edrych tua chwech oed. Roedd Aled mewn siwt lwyd nad oedd yn rhy wahanol i'r un wisgodd e i briodas Anti Debbie, heblaw am y sanau a'r trowsus byr a'r coler oedd yn dod i ffwrdd.

Roedd Mari yn ei ffrog wen yn edrych yn wahanol iawn i'r ffordd yr arferai edrych, ond gwisgai Arthur yn debyg i'r hyn a wisgai bob dydd, sef siwt â siaced hir a het. Roedd yn gwenu gymaint pan ddaeth Mari mewn i'r eglwys nes i nifer o aelodau'r gynulleidfa wenu gydag ef mewn cydymdeimlad.

Wedi'r gwasanaeth, roedd sesiwn o daflu reis a thynnu lluniau tu allan i'r eglwys. Ac yna aeth yr holl westeion i neuadd yr eglwys i gael sgons a chacen

a brechdanau bach siâp triongl wedi eu gweini ar hambyrddau gan ferched o'r pentref.

"Ti'n gweld!" meddai Aled wrth Rhian. " Gest ti frechdanau ciwcymbr wedi'r cwbl."

"Hm," meddai Rhian. "Ai dyma'r unig fwyd ni'n cael? O leia yn ein cyfnod ni mae pryd o fwyd da mewn priodas."

Daeth bachgen ar feic coch at y drws sawl gwaith â thelegramau i'r briodferch a'r priodfab. Roedd arddangosfa o'r holl anrhegion ar fwrdd. (Ym mhriodas Anti Debbie roedd bwrdd o anrhegion hefyd ond roedd ei holl anrhegion *hi* wedi eu lapio.) Roedd hi'n ddoniol iawn gweld beth roedd pobl yn meddwl fyddai'n ddefnyddiol i Arthur a Mari

yn ystod eu bywyd priodasol – tun bisgedi arian a sampler mewn ffrâm, a'r geiriau 'Duw cariad yw' wedi eu brodio arno, a blodau o gwmpas y geiriau. Roedd rhai anrhegion rhyfedd iawn: roedd un o ffrindiau Mari oedd yn anthropolegydd wedi rhoi dol ffrwythlondeb o Papua Gini Newydd, ac roedd un o ffrindiau Arthur o'r brifysgol wedi rhoi dau gorrach gardd iddyn nhw, fel jôc.

Roedd rhieni Aled a Rhian wedi rhoi peiriant gwneud hufen iâ i Anti Debbie. Tybed a oedd hi'n ei werthfawrogi'n fwy nag y byddai Arthur yn gwerthfawrogi ei gorachod gardd?

Gwnaeth y gwas priodas araith ddoniol a darllen yr holl delegramau allan. Yna cafodd pawb siampên

a chacen briodas, a oedd yn union yr un peth â phriodas Anti Debbie.

Wrth i bawb fwyta eu cacen briodas, diflannodd Arthur a Mari, ac yna, mewn dim o dro, dychwelodd y ddau, gan sefyll yn y drws a chwifio. Roedden nhw wedi newid o'u dillad crand ac yn gwisgo dillad mwy cyffredin ond roedden nhw'n dal i edrych yn smart.

"Beth maen nhw'n ei wneud?" gofynnodd Rhian.

"Maen nhw'n mynd ar eu mis mêl," eglurodd Dora. "Maen nhw'n mynd i'r Aifft, ond ddim yn syth; heno maen nhw'n mynd i Southampton. On'd yw ffrog Mari'n hyfryd?"

"Maen nhw'n mynd ar eu mis mêl yn barod?"

meddai Rhian. "Ond dydyn ni ddim wedi dechrau dawnsio eto!"

Gwyddai Rhian y byddai yna ddawnsio, heb amheuaeth – roedd band yn paratoi yng nghornel y neuadd ac yn rhoi trefn ar eu hofferynnau.

Syllodd Dora arni fel pe bai cyrn yn dod allan o'i phen. "Does neb yn dawnsio yn eu priodas eu hunain!" meddai.

"Pam ddim?" meddai Rhian. "Dyna beth sy'n digwydd yn y dyfodol!"

Ond yn amlwg, nid dyna oedd y drefn yn 1912. Roedd pawb wrthi'n chwifio a chofleidio ac ebychu wrth i Arthur a Mari adael. Dechreuodd y band ar eu caneuon – roedd hi'n amser dawnsio.

Ym mhriodas Anti Debbie roedd dawnsio'n golygu DJ a goleuadau disgo. Roedd gan y dawnsio yma, fodd bynnag, reolau. Roedd gan y dawnsfeydd i gyd enwau – polca, a thango, a waltz – ac roedd rhaid dilyn patrwm pendant ym mhob un ddawns. Roedd hyd yn oed disgwyl i blant bach fel Henri wybod am y camau iawn.

"Nag wyt ti'n mynd i ddawnsio?" gofynnodd Henri.

"Na," meddai Rhian gan godi ei thrwyn. Roedd gan Aled, ar y llaw arall, ychydig o ddiddordeb; roedd wedi mwynhau'r dawnsio ym mhriodas Anti Debbie.

Sylwodd Dora ar hyn. "Walts yw hon," meddai.

"Mae'n hawdd, dere." Rhoddodd ei braich o gwmpas canol Aled a dangos iddo. "Ti'n mwynhau?" meddai gan wenu arno'n eithaf nawddoglyd.

"Mae'n well gen i ein math ni o ddawnsio," meddai Aled.

Aeth y pedwar ohonyn nhw allan i'r ports, lle'r oedd dal modd clywed y gerddoriaeth ond doedd neb yn gallu eu gweld nhw. Roedd Dora ar ganol egluro sut roedd y polca'n gweithio pan ymddangosodd Arthur.

"O, helô!" meddai. "O'n i'n chwilio amdanoch chi. Ydych chi eisiau gweld sut mae'r stori'n dod i ben, cyn i ni fynd?"

Roedd y pentref yn dawel wrth iddyn nhw gerdded 'nôl i'r tŷ. Roedd Tŷ Perllan yn dawel ac yn wag. Deuai'r unig olau o'r cyntedd, lle roedd Mari'n sefyll o flaen y drych â chwpan Isca o dan ei braich. Trodd ei phen wrth i Arthur a'r plant ddod i mewn, a gwenu. "Dw i wedi bod yn edmygu fy anrheg priodas," meddai.

Safodd Aled wrth ei hochr. Roedd y drych yn edrych hyd yn oed yn fwy rhyfedd nag arfer yng ngolau'r lleuad.

"Mae'n hen," meddai Aled, "on'd yw e?"

"Y ddeunawfed ganrif," meddai Arthur. "Maen nhw'n dweud," ychwanegodd, "mai iarlles o Ffrainc oedd y perchennog. Menyw o'r enw Jeanne

d'Allonette. Roedd hi'n rhyw fath o wrach, mae'n debyg." Cyffyrddodd â'r ffrâm â'i fysedd. "Fy mam-gu oedd y perchennog diwethaf. Daeth un o fy nghyndadau ag ef o Ffrainc ar ôl y chwyldro. Yn ôl Mam-gu, yn ystod y Chwyldro Ffrengig, daeth y chwyldrowyr i arestio Jeanne a'i phlentyn. Pe bydden nhw wedi cael eu dal, bydden nhw wedi cael eu lladd.

Wnaeth Jeanne gloi ei hun a'i mab yn ei stafell wisgo. Pan lwyddodd y chwyldrowyr i chwalu'r drws, roedd y stafell yn wag – heblaw am y drych a oedd yn dangos adlewyrchiad stafell arall, ddieithr. Dywedodd y dynion mai dewiniaeth oedd ar waith ac fe geision nhw dorri'r drych. Ond roedd y gwydr yn gwrthod chwalu."

"A beth ddigwyddodd i'r iarlles?" gofynnodd Rhian.

"Welodd neb mohoni eto," meddai Arthur. Edrychodd ar Aled. "Maen nhw'n dweud bod y drych yma yn llawn ysbrydion," ychwanegodd. "Ond dywedodd fy mam-gu ei fod hefyd yn ddrych lwcus." Mwythodd y gwydr. "Dyna pam wnes i ei roi i Mari, chi'n gweld – ni'n hoffi ychydig bach o ddewiniaeth, Mari a fi, ac ro'n i'n meddwl y byddai'n dda cael ambell ysbryd cyfeillgar i gadw llygad arni." Edrychodd ar Aled eto. "Mae'n ymddangos fy mod i'n iawn."

"Nid *ysbrydion* ydyn nhw, ond teithwyr o'r *dyfodol*," mynnodd Henri'n flin.

Chwarddodd Arthur. "Wel," meddai, "oes gwahaniaeth?"

"A'r botel?" meddai Aled. "Roedd 'na botel. Un arian. Y maint yma. Wnes i ei hagor, a ..." Pwyllodd. Teimlai'n ffŵl yn dweud ei fod wedi gofyn i'r *genie* am ddymuniad.

Meddai Dora, "O, y wrach yn y botel!"

"Ie!" meddai Arthur.

"Nid un Wncl Arthur yw hwnna," esboniodd Dora. "Mae'n hŷn na hynny. Cafodd Dad-cu'r botel yn anrheg gan fenyw yn y pentref. Dywedodd hi y byddai trafferth pe bydden ni'n ei hagor hi."

"Roedd hi'n iawn," meddai Rhian.

Doedd Aled ddim yn gwybod beth i'w ddweud

173

felly newidiodd trywydd y sgwrs. "Beth ydych chi'n mynd i'w wneud gyda chwpan Isca?"

"A," meddai Arthur. "Y cwpan. Ie. Dewch gyda fi."

Cydiodd yn y cwpan, ei roi o dan ei fraich ac arwain Mari a'r plant yn ôl i'r ystafell fyw. Cododd Rhian ei haeliau wrth edrych ar Dora ond y cwbl wnaeth hi oedd codi ei hysgwyddau.

Yn yr ystafell fyw, trodd Arthur y golau ymlaen ac aeth yn syth i'r gornel, gan ddechrau tynnu ar y silff lyfrau oedd o'i flaen. "Dalia'r ochr arall i fi, cariad," meddai.

Ufuddhaodd Mari. "Beth *wyt* ti'n ei wneud?" meddai.

Tynnodd Arthur y silff i'r ochr a phenglinio ar y llawr. Roedd waliau'r ystafell hon wedi eu gorchuddio mewn paneli pren hen ffasiwn. Aeth Mari a'r plant yn agosach at Arthur. Teimlodd hwnnw ochrau'r panel gyda'i fysedd hir. Siaradodd neb, ddim hyd yn oed Henri. Arhosodd pawb yn eiddgar. Yna, yn sydyn:

Clic.

Llithrodd y panel yn ôl ac i'r ochr. Y tu ôl iddo roedd twll du.

"Waw!" meddai Rhian. "Cŵl!"

"Stafell gudd!" meddai Dora. "Sut nad oedden ni'n gwybod am hyn?"

"Dw i ddim hyd yn oed yn gwybod os yw Edmwnd yn gwybod amdani," meddai Arthur. "Wnes i ddod o

hyd iddi pan oeddwn yn fachgen bach yn chwarae

smyglwyr. O'n i'n arfer cuddio marblys a milwyr

yma. O'n i wastad eisiau

rhywbeth gwerthfawr

i'w gadw yma."

"Ond cariad," meddai Mari, "ydy fan hyn yn saff?

Fydde stafell mewn banc ddim yn well?"

"Dw i ddim yn credu y gallech chi ddod o hyd

i lawer o leoedd yng Nghymru sy'n fwy diogel na

hyn," meddai Arthur. "Dw i'n credu mai fi yw'r unig berson yn y teulu sy'n gwybod amdani – heblaw amdanoch chi i gyd, wrth gwrs. Roedd mynydd o lwch yma pan agorais i'r drws. Dw i ddim yn credu bod neb wedi cyffwrdd ag e mewn cannoedd o flynyddoedd."

Cymerodd y bwndel a'i osod yn ofalus yn y twll yn y wal.

"Ond – ydych chi'n siŵr eich bod chi am i ni wybod am y stafell yma?" gofynnodd Aled yn lletchwith. "Rhian a fi, dw i'n feddwl. Chi braidd yn ein nabod ni."

"Na," meddai Arthur. Edrychai ar Aled yn chwilfrydig. "Dw i ddim, ydw i?" Llithrodd y panel

yn ôl i'w le a'i gau gyda *chlic*. "Efallai y dylen i wneud ymdrech i ddarganfod pwy ydych chi ... ond dw i ddim yn gwybod a ydw i eisiau gwybod, a bod yn onest. Weithiau mae'n well peidio gwybod pethau."

Roedd y dawnsio'n dal i fynd ymlaen yn y neuadd ond ymddangosodd mam Dora a Henri i ddweud wrthyn nhw am fynd i'r gwely. Penderfynodd Aled y dylen nhw fynd hefyd; yr hiraf yr oedden nhw'n aros, mwyaf tebygol y byddai rhywun yn sylwi arnyn nhw a dechrau gofyn cwestiynau. Roedd y cefndryd eraill yn brysur yn paratoi i fynd i'r gwely; roedd yr ystafell fyw yn llawn sgrechfeydd am

bethau oedd wedi cael eu colli a phrotestiadau dros fatresi caled.

Roedd Henri'n mynnu nad oedd "wedi blino *o gwbl*!" a'i fam yn edrych yn ddiamynedd iawn.

Safai Aled yn y drws yn edrych allan ar yr ardd. Roedd hi'n dechrau tywyllu ac roedd lliw hyfryd ar yr awyr. Roedd lleuad lawn yn codi dros y caeau ŷd tu ôl i'r tŷ, a chanai haid o adar yn y coed cyn clwydo. Gallai glywed sŵn cerddoriaeth yn dod o'r neuadd. Anadlodd yn ddwfn gan geisio dal yn yr atgof.

Pan drodd at y wal, doedd e ddim yn synnu o gwbl o weld bod y drych yn dangos y cyntedd yn nhŷ Anti Joanna. Roedd hi'n nos, yn union fel ag yr oedd hi'r noson wnaeth e a Rhian adael.

"Rhian," meddai'n ofalus, heb dynnu sylw at beth oedd yn digwydd.

Ymddangosodd Rhian yn y drws. Ebychodd pan welodd y drych.

"Dere – yn gyflym!" meddai, ond ysgydwodd Aled ei ben.

"Dillad," meddai. "Alli di ddim mynd yn ôl yn edrych fel yna!"

"Ond beth os wnaiff y drych gau?" gofynnodd.

Ysgydwodd Aled ei ben eto. "Wnaiff e ddim." Doedd e ddim yn gwybod pam ei fod mor siŵr ond teimlai'n hyderus.

Rhedodd Rhian i fyny i ystafell Dora. Dilynodd Aled hi yn arafach. Roedd Rhian yn newid yn gyflym

iawn, yn dadwisgo ei haenau o 1912. Gwnaeth Aled yr un peth yn araf. Nawr bod yr amser wedi dod, doedd e ddim eisiau gadael.

"Brysia!" meddai Rhian. "Dydyn ni ddim eisiau cael ein gadael ar ôl!" Tynnodd ei hesgidiau a rhedeg lawr y grisiau. Tynnodd Aled ei grys-T dros ei ben, codi ei esgidiau rhedeg a'i dilyn hi.

Roedd y drych yn hongian yn erbyn y wal, yn edrych yn union yr un peth. Camodd Rhian o'i flaen gan edrych yn ansicr yn sydyn. "Dal fy llaw i," meddai. "Dw i ddim eisiau i ti gael dy adael ar ôl."

"Wna i ddim," meddai Aled.

"Dw i'n gwybod," meddai Rhian. "Ond dw i eisiau bod yn siŵr."

Roedd hi'n nerfus. Ac roedd Aled yn deall. Pwy a ŵyr beth oedd ar ochr arall y drych. Efallai eu bod wedi mynd ers wythnosau ac wythnosau. Efallai nad cyntedd Anti Joanna fyddai yna o gwbl. Efallai, o fod fan hyn, eu bod wedi newid hanes gymaint nes y byddai popeth yn gwbl wahanol pan fydden nhw'n cyrraedd adre.

Daliodd yn ei llaw. "Barod?" meddai hi.

Amneidiodd Aled. "Barod."

Camodd y ddau drwy'r drych gyda'i gilydd.

Beth ddigwyddodd i'r cwpan?

Rholiodd Aled ymlaen a glanio ar ei fol. Am eiliad gorweddai'n brin o anadl ac yn benysgafn. Wrth ei ochr, gallai glywed Rhian yn gwneud synau poenus ond fe'i hanwybyddodd hi. Eisteddodd i fyny'n araf ac edrych o'i gwmpas. Waliau hufen. Drws brown. Copi o'r *Radio Times*, siwmper las Aled, a thaflen yn hysbysebu cwmni pizzas ar fwrdd y cyntedd.

"Ni gartre!" meddai Rhian yn hapus.

Gartre.

"Pa mor hir ti'n meddwl ni 'di bod i ffwrdd?" gofynnodd Rhian wrth eistedd i fyny.

"Dim, siŵr o fod. Neu byddai'r heddlu yma a'n rhieni ni'n crio a chriw teledu. Well i ni fynd i weld! Anti Joanna, ni gartre! Gewch chi ganslo'r angladd!"

Cododd a rhedeg i gyfeiriad yr ystafell fyw. Plygodd Aled a gwisgo'i esgidiau rhedeg a'i dilyn yn araf. Roedd y tŷ'n teimlo'n rhyfedd. Roedd goleuadau'r unfed ganrif ar hugain yn llachar. Sylwodd ar y rheiddiaduron. Y lluniau lliw ar y silff. Teimlai fel petai wedi bod i ffwrdd am flynyddoedd maith.

Roedd Rhian yn sefyll wrth ddrws yr ystafell yn siarad gydag Anti Joanna oedd ddim yn edrych fel pe bai wedi cael sioc o'u gweld.

"... ac *wedyn*," roedd Rhian yn dweud, "glanion ni 'nôl fan hyn, fel pe bai dim wedi digwydd!"

"Mawredd!" meddai Anti Joanna. "Wnaethoch chi gofio glanhau'ch dannedd cyn achub trysor y teulu?"

Fel arfer byddai Rhian wedi bod yn grac gyda'r

awgrym ei bod hi'n dweud creu straeon. Ond heddiw roedd pethau mwy pwysig i'w hystyried.

"Ti'n gweld!" meddai gan droi at Aled. "Does dim amser wedi pasio! Ond Anti Joanna, gallwn ni *brofi hyn*. Ni wedi cwrdd â llwyth o'n teulu ni. Arthur, Mari, Dora, Henri, a – beth oedd enw eu tad nhw?"

"Oswald," meddai Aled. "Ac enw'r llall oedd Edmwnd."

"Chi'n iawn," meddai Anti Joanna. "Fy nhad-cu oedd Edmwnd. Tynnon ni eu lluniau nhw o'r cwpwrdd y llynedd yn do? Neu'r flwyddyn cyn hynny? *Mae* cof da gyda chi."

"Dw i ddim yn cofio'r lluniau *o gwbl*," meddai Rhian yn ddiamynedd.

Aeth Anti Joanna at y cwpwrdd llyfrau hen ffasiwn oedd yn erbyn wal yr ystafell fyw, yr un â drysau gwydr oedd yn agor gydag allwedd fetel fach.

Sylweddolodd Aled yn sydyn bod rhaid bod Arthur a Mari a Dora a Henri wedi marw. Wrth gwrs eu bod nhw. Wedi marw ers blynyddoedd, siŵr o fod.

Doedd e ddim yn siŵr pam roedd gymaint o ots ganddo.

Tynnodd Anti Joanna un o'r hen albymau lluniau du allan o'r cwpwrdd a dechrau troi'r tudalennau gan ddweud pethau fel, "Dyna fy mrawd Gordon, eich tad-cu. A dyna fy nhad fel babi – on'd yw e'n edrych yn ddoniol? A dyna – o, ie, dyna chi!"

Gwelodd y plant lun du a gwyn o ddyn ifanc yn gwisgo gwisg a chap milwr a chanddo fwstás bach taclus. Roedd golwg ddifrifol arno ac edrychai fel rhywun o'r gorffennol pell. Syllodd Aled ar y llun.

Roedd hi'n anhygoel mai dim ond ddoe roedd y dyn yma'n cusanu ei gariad yn yr ardd. Roedd y dyn yn y llun fel pe bai'n perthyn i fyd ac amser cwbl wahanol.

"Dyna—" meddai Rhian.

"Fy Hen Wncl Arthur," torrodd Anti Joanna ar ei thraws. "Fe oedd brawd bach fy nhad-cu. Mae'n *rhaid* 'mod i wedi dweud wrthoch chi amdano. Daeth e 'nôl o'i deithiau â hanner dodrefn y tŷ hwn. Roedd e'n gasglwr arbennig. Roedd e eisiau arddangos popeth. Ond wrth gwrs rhoddodd y rhyfel stop ar hynny. Cafodd ei ladd yn Gallipoli yn 1915. Chi'n gwybod am Ymgyrch Gallipoli? Roedd e'n cael ei ystyried yn rhywbeth bonheddig i fod yn rhan ohono fel un ymdrech olaf, chi'n gwybod."

Edrychodd Aled ar Rhian. Roedd yn falch o weld ei bod hi hefyd yn edrych fel pe bai wedi ei hysgwyd. Roedd y dyn ifanc yn y siwt lwyd ddim ond wedi

byw am dair blynedd arall ar ôl iddyn nhw ei weld. Roedd y syniad yn un rhyfedd, yn codi braw.

"A Mari?" gofynnodd.

"O ie." Trodd Anti Joanna dudalen yn yr albwm. Dyna lle'r oedd llun stiwdio arall, Mari'r tro hwn, wedi ei hamgylchynu gan wrthrychau ffotograffydd – cadair freichiau felfed a chawell aderyn gwag – yn edrych, fel Arthur, yn ffurfiol iawn ac yn ddieithr. "Roedd hi'n weinyddwraig mewn ysbyty i ferched yn yr Aifft. Menyw ryfeddol, mae'n debyg. Cafodd hi ei lladd yn y rhyfel hefyd pan ymosodwyd ar y llong roedd hi'n teithio ynddi. Buodd y ddau farw o fewn dyddiau i'w gilydd. Roedd fy nhad-cu wastad yn gobeithio nad chafodd Arthur wybod beth

ddigwyddodd iddi – ond roedd e wastad yn dyfalu wrth gwrs os taw dyna pam—"

"Wnaeth e farw o dorcalon," meddai Rhian yn drist.

"Wel, na," meddai Anti Joanna. "Cafodd ei ladd gan y Tyrciaid yn Gallipoli. Ond efallai ...wel, ta beth! Roedd hynny amser maith yn ôl, a does dim pwynt poeni nawr."

Roedd Aled yn gwybod ei bod hi'n golygu efallai bod Arthur wedi rhoi'r gorau i boeni a oedd yn mynd i fyw neu farw ar ôl i Mari gael ei lladd. Efallai ei bod hi'n iawn. Meddyliodd am y dyn ifanc yn yr het yn gwenu wrth i Mari gerdded i mewn i'r eglwys. Fel Wncl Edmwnd, roedd Aled yn gobeithio nad oedd

e'n gwybod. "Ond beth am Dora a Henri?" meddai Rhian. "Beth ddigwyddodd iddyn nhw?"

O, wel." Gwenodd Anti Joanna. "Ymfudodd Wncl Oswald i Seland Newydd cyn y rhyfel. Cafodd e swydd bwysig iawn mewn prifysgol yn dysgu hanes Prydain. Setlodd yr holl deulu draw fan'na. Gad i fi weld ..."

Rhoddodd yr albwm yn ôl ar y silff a thynnu un arall, mwy diweddar allan. Y tro hwn daeth o hyd i beth roedd hi'n chwilio amdano.

"Dyna ni!" meddai.

Llun o barti teuluol, y math o beth oedd wastad yn cael ei gynnal yn Nhŷ Perllan. Roedd hen fenyw fach â gwallt gwyn yn eistedd mewn cadair gyda phlât â

chacen arno ar ei chôl. Roedd Aled yn siŵr nad oedd wedi ei gweld hi o'r blaen, ac eto ...

"Yn 1985 oedd hwnna," meddai Anti Joanna. "Daeth Dora â'i theulu draw o Christchurch i ddangos y tŷ lle tyfodd hi i fyny i'w phlant. Roedd hi'n wyth deg chwech! Menyw ryfeddol arall. Cafodd hi ddau o blant ei hun, a mabwysiadu pedwar o blant amddifad o'r rhyfel. Ond dyna ni," a gwenodd hi ar Rhian, "mae'n teulu ni wastad wedi byw bywydau anturus."

1985. Doedd hynny ddim mor hir yn ôl â hynny. Roedd Dora wedi tyfu i fyny i fyd yn llawn sêr pop a theledu ac awyrennau i Christchurch. Tybed beth oedd hi'n ei feddwl o'r cwbl?

"Ond beth ddigwyddodd i'r cwpan?" gofynnodd Rhian.

"Y cwpan?"

"Cwpan Isca!" meddai Rhian. "*Wedes i.* Wnaethon ni ei achub oddi wrth y lladron a'i guddio yn y stafell fach ddirgel yn y stafell fyw tan fod Arthur yn gallu cael ei gasgliad o greiriau at ei gilydd!"

"Mawredd!" meddai Anti Joanna yn ei llais chwarae gêm. "Ges i 'ngeni yn y tŷ hwn a doeddwn i ddim yn gwybod bod stafell ddirgel yma. Dyna gyffrous!"

Edrychodd Aled a Rhian ar ei gilydd. "Ti'm yn credu ...?" mentrodd Aled.

"Dewch," meddai Rhian gan gydio ym mraich Anti

194

Joanna a'i llusgo hi allan o'r ystafell ac ar draws y cyntedd i'r ystafell fyw.

Roedd yr ystafell fyw yn nhŷ Anti Joanna bellach yn un o ystafelloedd y gwesteion. Yn yr ystafell eisteddai hen gwpwl ar y soffa'n darllen, gan edrych i fyny'n ddiamynedd wrth i Rhian gerdded i mewn a mynd yn syth i'r gornel.

"Esgusodwch fi. Ni'n flin iawn am hyn ond mae gwaith darganfod pwysig yn mynd ymlaen fan hyn. Diolch."

"Rhian, cariad. Dim nawr ..." meddai Anti Joanna. Anwybyddodd Rhian ac Aled hi. Roedden nhw'n brysur yn tynnu'r gadair freichiau o'r gornel. Aeth Rhian ar ei phengliniau a dechrau gwthio

darnau o'r paneli pren yn llawn gobaith, ond yn ofer.

"Gaf i fi drio," cynigiodd Aled yn ddiamynedd.

Aeth ar ei gwrcwd a theimlo'r rhan roedd Arthur wedi ei dangos iddo funudau a chanrif yn ôl. Gwthiodd y pren. Roedd angen iddo wasgu'n galed ond yn y diwedd symudodd y panel.

"Nefoedd yr adar!" meddai un o'r gwesteion.

"Aled! Sut yn y byd wnest ti ffeindio hwnna?" gofynnodd Anti Joanna.

Tynnodd Rhian ar y panel.

"Bydd yn ofalus!" meddai Aled wrthi. "Dyw e'n siŵr o fod heb ei agor am dros gan mlynedd."

Symudodd Aled y panel i un ochr. Y tu mewn

roedd y twll bach du'n dywyll a llawn gwe pry cop. Estynnodd Aled ei fraich i mewn i'r twll. *Roedd* rhywbeth yno, rhywbeth tywyll a thrwm wedi ei orchuddio â llwch ac wedi ei lapio mewn defnydd tywyll.

Cwpan Isca.

Roedd hi'n nos a'r plant wedi mynd i'r gwely a'r gwesteion wedi rhoi'r gorau i ryfeddu at y cwpan, a'r arbenigwr hen greiriau yr oedd Anti Joanna'n ffrindiau ag ef wedi rhoi'r gorau i ffonio a holi am y cwpan wedi iddi ddweud wrtho amdano. Roedd yr arbenigwr wedi cyffroi'n lân ar ôl derbyn y lluniau o'r cwpan. Roedd yn dod draw fory gyda sawl arbenigwr

arall er mwyn astudio'r cwpan yn fanylach. Os oedd y cwpan yn un go iawn – ac roedd yn eithaf hyderus ei fod – ni fyddai rhaid i Anti Joanna boeni am arian byth eto.

Roedd y cwbl ychydig bach yn rhyfedd.

Eisteddodd Anti Joanna yn yr ystafell fyw gyda'r gath ar ei chôl a gwydraid o win yn ei llaw. Ceisiodd wneud synnwyr o'r holl sefyllfa. Doedd hi dal ddim yn siŵr sut roedd y plant wedi dod o hyd i'r ystafell fach ddirgel yna. Roedd yn rhaid eu bod wedi bod yn chwarae gemau cuddio ac wedi gwasgu'r rhan ddirgel ar y panel drwy hap a damwain – ond byddai hi wedi meddwl eu bod yn rhy hen i chwarae'r math yna o gêm. Wrth gwrs,

mae'n rhaid eu bod wedi cofio enwau aelodau o'r teulu o'r albymau lluniau. Neu efallai bod eu rhieni wedi bod yn dweud straeon wrthyn nhw. Ond eto, roedd yr holl beth yn rhyfedd.

Yr albymau lluniau ... Roedd rhywbeth yn poeni Anti Joanna am y lluniau, rhywbeth yr oedd hi wedi hanner ei gofio. Rhywbeth nad oedd wir yn gwneud synnwyr.

Rhoddodd ei gwydraid o win ar y bwrdd ac aeth at y silff lyfrau. Pa albwm oedd e eto? Hwn? Na, hwn. Trodd y tudalennau tan iddi ddod at y llun yr oedd hi'n chwilio amdano.

Llun o grŵp o bobl. Llun priodas wedi ei dynnu tu allan i eglwys y pentref. *Arthur a Mari, Awst 1912,*

oedd y geiriau o dan y llun. Roedd y briodferch a'r priodfab yn sefyll yng nghanol y llun yn gwenu, a'r holl westeion o'u cwmpas nhw yn eu dillad Edwardaidd. Doedd Anti Joanna erioed wedi talu llawer o sylw i'r llun o'r blaen. Ond roedd hi bron yn siŵr ...

Ar ymyl y llun, wedi eu hanner cuddio tu ôl i'r gwesteion eraill, roedd bachgen a merch. Roedd wyneb y ferch a chysgod drosto a'r bachgen yn digwydd bod yn edrych i'r ochr. Ac wrth gwrs, hen lun oedd hwn ... ond ... roedd y tebygrwydd yn frawychus.

Teimlai Anti Joanna'n rhyfedd, ond daeth at ei choed. Roedd tebygrwydd teuluol *yn* beth od. Wrth

gwrs, mae'n rhaid mai cefndryd o bell oedd y plant yn y llun, ond ar yr eiliad honno allai hi ddim cweit ddyfalu pwy yn union oedden nhw, chwaith. Doedd hi ddim yn syndod bod y rhain yn debyg i'w nith a'i nai, nag oedd? Doedd e ddim yn golygu bod eu stori nhw'n *wir*. Caeodd hi'r albwm lluniau a'i roi yn ôl ar y silff. Amser gwely. Roedd y cyntedd yn dawel, a'r tŷ yn llonydd. Oedodd Anti Joanna o flaen y drych hir yn erbyn y wal. Gwgodd ei hadlewyrchiad ei hun yn ôl arni. Roedd hi'n mynd yn hen. Roedd hi wedi bod yn mynd yn hen am amser bellach.

Cofiai fod straeon rhyfedd wedi bodoli am y drych yna. Rhywbeth am wrach, neu iarlles o Ffrainc? Neu iarlles oedd yn wrach? Rhywbeth fel yna. Byddech

chi'n meddwl y byddai stori fel yna yn codi ofn, ond gallai Anti Joanna fyth bod ofn y drych, hyd yn oed pan oedd hi'n blentyn. Ysgydwodd ei phen. Roedd hi'n rhy hen i fod yn meddwl am straeon tylwyth teg. Amser gwely. Wrth iddi droi am y grisiau, newidiodd yr adlewyrchiad yn y drych. Dangosai'r drych Dŷ Perllan arall, hŷn. Roedd y cyntedd yn bŵl ac wedi ei deilio gyda theils du a gwyn. Roedd ymbarél gwyrdd gyda dolen siâp pen hwyaden yn y stand, llyfr dogni ar y bwrdd a model o graen Meccano ar y llawr. Pe bai unrhyw un wedi bod yna i edrych – ond doedd neb – bydden nhw wedi gweld plentyn yn rhedeg ar draws y cyntedd. Merch fach oedd hi mewn cot frown wedi ei thrwsio sawl gwaith, bŵts gwyrdd ar

ei thraed a het binc, menig a sgarff wedi eu gweu. Roedd ei gwallt, o dan yr het, yn olau. Roedd eira ar ei hesgidiau ac ar ei menig ac roedd hi'n crio. Rhedodd hi heibio'r drych a diflannu.

Newidiodd y llun yn y drych. Bellach roedd yn dangos y cyntedd yn yr unfed ganrif ar hugain, yn ôl ei arfer. Ond roedd rhywbeth wedi dal llygad Anti Joanna a throdd ato. Oedd rhywbeth yna?

Na. Doedd dim byd. Dim ond y cyntedd cyfarwydd, tawel. Wrth gwrs. Wrth gwrs.

Dyna wirion, meddyliodd Anti Joanna, ac aeth i fyny'r grisiau i'r gwely.